狼的味道

【科威特】阿卜杜拉·巴希斯 著

李羚溪 译

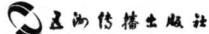五洲传播出版社

图书在版编目（ＣＩＰ）数据

狼的味道 ／（科威特）阿卜杜拉·巴希斯著；李羚溪译.
— 北京 ：五洲传播出版社，2020.6
  ISBN 978-7-5085-4316-1

  Ⅰ．①狼… Ⅱ．①阿… ②李… Ⅲ．①长篇小说－科威
特－现代 Ⅳ．① I383.45

  中国版本图书馆CIP数据核字（2019）第 227637 号

出 版 人：荆孝敏
责任编辑：董　宇
封面设计：李　璐　杨　平
装帧设计：尼罗文化

狼的味道

作　　者：【科威特】阿卜杜拉·巴希斯
译　　者：李羚溪
出版发行：五洲传播出版社
地　　址：北京市海淀区北三环中路 31 号凯奇大厦 B 座 6 层
邮　　编：100088
电　　话：010-82005927，010-82007837
网　　址：www.cicc.org.cn，www.thatsbooks.com
印　　刷：中煤（北京）印务有限公司
版次印次：2020 年 6 月第 1 版第 1 次印刷
开　　本：889mm×1194mm 1/32
印　　张：7.5
字　　数：119 千字
定　　价：46.00 元

你要想变成一头狼，就应该感觉自己是一头狼，是自己感觉的主宰！你可以认为自己的感觉重于一切，也可以认为它无足轻重。

　　你身上有狗的脾性。真的，别这样瞪我，你真的有狗的脾性。一旦犯了错，总是责怪自己，并且会一直自怨自艾下去，以至于习惯了忍辱负重……我们狼则不然。我们从不为自己的任何过错而遗憾，也不为我们的任何失误而后悔。宰班，你知道为什么吗？因为我们有权犯错，任何人都无权因此责怪或者惩罚我们。你现在明白为什么狼不会被驯服了吗？

借狼语问人心

手中的这部小说，有着一个特别的书名——《狼的味道》。

狼的味道是什么味道？带着这样的疑问，我进入小说，伴随着小说主人公，在阿拉伯沙漠里开始了历时三天的求生之旅。在掩卷之际，我深感不虚此旅。

吸引人的，不仅是小说中惊险刺激的情节，特色鲜明的异域文化，更有小说蕴含的耐人寻味、发人深省的思想内涵。

《狼的味道》的作者是科威特"80后"新锐作家阿卜杜拉·巴希斯。小说2016年出版后，于次年荣获阿联酋沙迦国际书展最佳阿拉伯小说奖，并受到评论界和文学爱好者的一致好评。这是作家发表的第二部小说。然而，和他的处女作《迷失的记忆》一样，这部小说尽管并不牵涉政治、宗教等敏感话题，但是问世后在科威特颇受争议。许多阿拉伯作家、评论家都对作者表示声援。实际上，这些争议反而在更广大的阿拉伯市场为小说打了广告。据悉，小说迄今已经多次再版，成为阿拉伯世界不多见的文学类畅销图书。

小说主人公名为"宰班"。在阿拉伯语中，这个名字和"狼"源自同一词根，含有"狼性"、"像狼一样勇猛"的意思。宰班的父亲生前是部落长老、骑手。父母为儿子取名宰班，显然希望他日后能像父亲一样，成为孔武勇猛、威风凛凛的人物。然而吊诡的是，宰班并未继承父亲的强悍基因。相反，他生性懦弱柔顺，习惯于逆来顺受，因而从小遭到母亲的嘲讽和虐待。他爱上一个名叫嘉丽娅的姑娘，却被两个男人当面羞辱。情急之下，他失手杀死其中一人。这起血案导致了宰班的部落和死者所属部落之间的流血冲突。最终两个部落达成协议——为平息冲突，宰班必须与死者的兄弟侯密丹决斗。侯密丹是出了名的骁勇善战，这将是一场实力悬殊的对决，宰班必死无疑。于是，宰班选择临阵脱逃，只身前往科威特市避险。

在穿越沙漠的逃亡途中，宰班遇到了一头饿狼。他躲进一个洞穴，堵在洞口的狼一直试图用爪子把他拖拽出来。危急时宰班狠狠咬了狼的爪子，由此尝到了"狼的味道"——掺杂着甘甜、酸楚与苦涩的奇特味道。昔日面对拔剑相向的仇人时懦弱逃遁的宰班，在饿狼面前靠拼命自救保全了自己。

宰班从洞穴逃出之后，爬到一棵柳树上度过夜晚。小说营造了一种亦真亦幻的氛围，宰班感觉自己和狼围着火堆在聊天倾诉。狼对待他如同朋友，人与狼互诉心声，不仅讲述了各自的遭遇，而且饶有兴趣地探讨了一些哲学与存在层面的问题，涉及人性、狼性、生命、死亡、社会、政治、权力等多个话题。

话缘投机，宰班不禁发出感慨，希望自己变成一头狼。狼便告诉他："说吧，你是一头狼！"就在狼对宰班逐渐瓦解心防，甚至惺惺相惜之际，对狼性依然怀有恐惧和警惕的宰班趁机将狼杀死，还吞下了一块狼肉……

在小说的尾声，走过漫漫沙漠的宰班，终于进入了一个村落，重新回到属于人间的社会。就当他再次燃起对生活的渴望与憧憬之时，他发现村落表面的宁静中又隐藏着凶险，他又一次面临致命的挑战……面对生死，宰班彻底弃绝了和平温顺的秉性。为了在这比丛林法则更为残酷的人世间生存下去，他仿佛变成了那头被他杀死的饿狼……

　　小说《狼的味道》的独特性在于，通篇只有主人公宰班一个人物，小说情节的时间跨度，也只有短短三天。主人公独自穿越沙漠，意味着要应对生存极限的挑战，因为他将面临迷失方向、粮尽水绝的危险，还要随时提防沙漠中的饿狼野狗。此外，心理层面也面临极大挑战。在沙漠中，"大自然"一词不过意味着植物和动物，人是孤独无援的闯入者。孤单和恐惧，就像人眼前的大漠一样无边无际。在沙漠逃生这种单调、孤独的极端体验中，主人公的思绪异常活跃。童年和青春期，与家人、恋人、仇人和各式人等相关的一切往事，都浮现在宰班的脑海里，并通过回忆、梦境或想象串联起来。而在沙漠这样远离人类社会的环境，也正适合审视人类社会、人生与人性的复杂。在沙漠的夜晚互诉心声的，是宰班和那头饿狼？还是主人公在想象与梦境中的内心独白？现实与臆想、梦幻与真实之间的界限变得模糊。当然，对于读者而言，狼是否会说话并不重要，重要的是，作者借狼之口道出的话是否有意义，是否能吸引读者、启示读者。

　　无疑，小说的主旨之一，是批判阿拉伯传统部落文化的弊端。在阿拉伯传统部落文化中，暴力与复仇是男子汉气概的象征，而和平温顺的性格，则等同于懦弱和胆怯。伊斯兰教兴起前的蒙昧（贾希利叶）时期，在缺少水源、炎热贫瘠的环境中逐水草而居的阿拉伯部落，长期养成了动辄争斗、相互攻伐的习性。

尚武好斗的习性，其实是男权文化的一种典型表征。然而具有讽刺意义的是，小说中的女性，也是男权主义价值观念的维护者和推行者。恰恰是母亲，希望宰班"像父亲一样，做一头威风凛凛的狼"，并常常羞辱他的柔顺性格；对宰班不无好感、但对他的文弱又难掩鄙夷的恰恰是，心上人嘉丽娅。按理说，女性也是男权文化的受害者和牺牲品。但是，传统文化在伤害女性的同时，还潜移默化地侵蚀了她们的心灵。它具有某种魔力，能让遭受迫害的女性异化为男权主义的维护者和代言人。毋宁说，男权主义并非专属于男性。作者冷峻地揭示了这一生活的真实，也使得小说的批判性超越了个体和表象，而深入到文化和社会的本质和内里。

《狼的味道》这部小说的另一主旨，表现为作者借人与狼的对话，表达了关于人的存在和命运的诸多哲理性思考。在小说中，似乎可以依稀辨识到阿拉伯安达卢西亚时期哲理小说《哈义·本·叶格赞的故事》的影子。说不定，作者阿卜杜拉·巴希斯受到了那位中世纪著名哲学家伊本·图斐利的启迪。但是，与后者略显枯燥的哲学探讨不同，《狼的味道》将引人入胜的故事情节和充满哲理的人生思考有机结合，令全书读来趣味盎然。在书中，以下的隽语式表达随处可见，犹如沙漠夜空飞曳而过的流星，给小说增添了思想灵动的魅力：

"如果世界就是你看到的那样，那么，度过生命最美好的方式就是扑向火焰。"

"……理性的界限被打破……只能通过找出别的理性，以便整理从理性那里散发出来的混乱。"

"你身上有狗的脾性。真的，别这样瞪我，你真的有狗的脾性。一旦犯了错，总是责怪自己，并且会一直自怨自艾下去，以至于习惯了忍辱负重……我们狼则不然。我们从不为自己的任何过错而遗憾，也不为我们的任何失误而后悔……"

然而，作者在小说中表达的哲学思考又并不仅仅是片段式的，而是体现在小说精心设计的主题和结构中。

小说主人公的父母为儿子取名"宰班"，希望他像狼一样凶猛，以便能在部落环境中站稳脚跟，获得尊重。然而，生性柔顺的宰班却有自己的追求："我历来息事宁人，只想过太平日子。"诗歌、音乐和爱情是他的人生寄托和理想。也可以说，他不想如父母和亲属所愿成为一头狼，他想成为一个人。

然而，事情总是不能如愿。犯了命案而外出逃生的宰班，经历了严酷沙漠的历练、凶猛饿狼的威胁，终于如父母所愿，具有了凶猛的狼性。他不仅狠咬了狼的爪子而尝到了"狼的味道"，而且还亲手杀死狼并吞食了狼肉。他决意逃离犹如恶狼一样的人间部落，穿越沙漠后最终落脚的却依然是危机四伏的陌生村落。他一心想做一个人，最终还是成了狼！在人与狼之间，人自身并无选择权。或许，异化是人在这个世界上无法摆脱的宿命。这大概是作者赋予小说的最深层的哲学意蕴吧。

狼的味道，"掺杂着甘甜、酸楚与苦涩"，岂不正是人类生活的味道？！

薛庆国

2020年6月

目 录

序曲 ·· 1

第一章 ······································ 7

第二章 ······································ 71

第三章 ······································ 147

序曲

　　终于看到村庄了。经历了无数次死里逃生的漫长旅途后，远处的泥土房突然呈现在眼前，就像顽皮的猫儿溜过来刚把它们从土里刨出来一样。

　　昨天下过大雨，地上的雨水积聚成一片宽阔的水洼。宰班把包袱扔在水洼边，脱下披在肩上的皮袄，往包袱上一扔。他双膝跪地，深吸一口气，喃喃叹道："现在……现在心病去了一半……接下来，该想想到底该去哪里……然后就没事了，一切都好了。"

　　他蹲下来，一片绿色的草地映入眼帘。正是这抹绿色将他和村庄间隔开。他漫不经心地环顾这片草地，昨天的大雨让青草更加碧绿芬芳。他缓缓地品味着那些摇曳生姿的千里光[1]开出的黄色小花，还有那片紫色的薰衣草，它们正慷慨地将甜美的芬芳洒向空中。这一切仿佛驱走了蒙蔽他双眼的黑暗和湮没他灵魂的阴霾，使他找寻到了心灵的愉悦。一丝

---

[1]千里光：一种菊科植物（译者注）。

侥幸逃生后的微笑在他微张的唇边绽放开来。

他打开包在肩上的布片，手指一直在不住地颤抖。伤口不再那么肿胀，开始变得平滑起来。从右侧肩膀到手肘有四条血痕，伤口的血迹早已凝固，变成了暗黑色。血沿着手肘淌到前臂，已经结了痂，颜色逐渐变得浅淡，在手腕处消失。虽然从外面看起来还是皮开肉绽，但感觉伤口深处正在慢慢愈合，已经好了很多。

宰班解下包在伤口上的布片，蹲下来俯身看着这片水洼。他从水面看见自己脸庞的倒影、蓝天、还有身后的风景，午后的太阳在头顶左侧散发出灿烂的光芒。见到自己的模样，他悲从中来。

"噢……真主啊！"胸口和脸颊残余大片血迹，鼻子和两鬓的黑色血污就像从娘胎里带来的一样。他转头看看发辫，凌乱不堪，沾满尘土，再仔细瞧瞧，只见一种奇怪的黄色液体黏在头发上，已经干了。他用手指把发丝搓散，搓掉了一些。他又看到自己稀疏的胡须上也全是土，还挂着细碎的干草和枯叶。他真的极度疲惫又心烦意乱。此刻他双眼无神，眼皮耷拉，眼眶深陷，粘在眼睛周围的泥土已经变干结成了小土块儿。他把它们抠掉，再次端详，看到的依然是一张失魂落魄的脸。

他喃喃道："马上就能歇歇了。"

宰班发现自己鼻子上还沾着些沙子，鼻孔满是变干的脏鼻涕。

他叹了一口气，又一次细细打量自己在水洼里的倒影：脸庞黝黑暗沉，全然没有往日的模样，面容也衰老了许多……看着像是已经三十好几了。他诧异地低语："三天而已，我就变成了这副模样！"

他洗了洗手，从水洼里取了一把软泥往脸上一顿揉搓，再用水清洗干净。血污掺着泥巴流进了水洼，随着血痂脱落鲜血又流出来，滴在手中舀起的水里。他只好一遍又一遍地洗脸，反复清理鼻孔里的污物，直到感觉自己彻底干净了才作罢。空气里弥漫着一股薰衣草和野苜蓿的混合香气，他深深吸了一口气，仿佛要把胸中的污秽一扫而空，憋闷的心情终于略感舒畅。他起身换了个没沾到血迹的地方坐下来，双手掬起一捧水痛饮起来，每喝下一口都畅快地发出"咕嘟咕嘟"的声音。冰凉纯净的甘露渗透到灵魂的每一处缝隙，滋润着那里的干枯贫瘠……他把头高高仰起，叹息道："真主啊……"

一阵冷风从背后刮过，他冻得缩紧了身体。

路途中最艰苦的一段已经过去了。他准备到前面的村庄休息一下，然后打听怎么去科威特。当然，他需要先吃上一顿，再睡上一觉，忘掉过去三天所经历的恐惧和阴影，赶紧恢复理性。

"啊哦……"他呻吟起来，难受得五官都拧成一团，回想起吃过的东西，喉咙里像卡着一条蛇那样恶心。他起身离开水洼，手指伸到喉咙里使劲抠，想把吃下去的生肉呕出来。这是他今天第二次这么做了。他蹲下身开始作呕，刚喝的水也一股脑全吐了出来，还吐出两块小小的黑肉。这时嘴里甘甜、酸楚与苦涩的味道交杂，呼吸中也带着一股腥臭。他不再看刚吐出来的生肉，免得那种逼仄感重回心头，抬头看向广袤无垠的天空，内心鼓舞自己道："苦难已经过去了。这种味道明后天就会消散，就像我根本没吃过一样，已经过去了，结束了。"

他坐下，侧耳倾听这片静谧，同时环顾四周，一股纯粹的澄澈之感涌上心头。沉浸了片刻，忽然想起右边衣袖已经被扯掉了，胸口和衣领也是血迹斑斑，四条血痕自上而下，身上的衣服沾满了泥土和污渍，简直跟坟墓里刨出来的死人衣服没什么差别。

得先把自己收拾干净，否则进了村一定会引起别人的误会。他脱下上衣，闻了闻，没有什么异味。或许是自己已经习惯了这种味道，所以才分辨不出？他决定还是得彻底洗一洗才行。

他把衣服泡在水里浸湿，然后捞起来抓在手里，就像捞起了一大把稀泥。他离开水洼转身坐下来，开始揉搓衣服上的泥灰。不一会儿，就觉得腰酸背痛，手也开始哆嗦起来。大概是因为天亮后除了那些生肉，他再没吃过其他东西。衣服差不多搓干净了，他有气无力地把它拧干，又回到水洼边浇水使劲冲掉上面的泥土，再一次有气无力地拧了拧，把它铺在地上晾干。

接着，他脱掉同样脏兮兮的裤子，嫌弃地扔到一边，慢慢走到水洼里，冰冷的水像利刺般划过肌肤。他瑟瑟发抖地在冷水中坐下来，想让每一寸肌肤都能浸泡在水里，这样一来抖得更厉害了。宰班吸溜着鼻涕，水刚刚没过肚脐，就冻得他抖如筛糠，寒冷像长出了利爪，撕挠着每寸肌肤。他双手发颤地在水下抓出一把泥，糊在身上快速揉搓起来，从脖子到胸膛、到肚子、到大腿、到干瘦的小腿……

一遍又一遍。

洗得差不多之后，他捧起水往头顶上浇，泥水混着污垢流淌下来，就像周围下了一阵黑雨。

宰班在寒冷的鞭打下匆匆走出水洼，即使披上了皮袄，仍旧冷得缩成一团。他得等衣服晾干后，穿戴整齐再进村。

宰班盯着包袱，脑海里千思万虑，一切由它而起，一切随它起伏。自从见到这个包袱，他就被推上命运的歧路，各种稀奇古怪的事情让人头晕目眩，难以招架。过去三天里，各种遭遇令人难以置信，比疯子发病还匪夷所思。他心想：现在，就算听说包袱能开口说话，他也不会觉得有多荒唐，因为他的故事要比"包袱说话"还要荒唐一百倍。

第一章

"拿上包袱赶紧滚吧！"

可怕的夜幕即将降临，宰班的舅母——伊本·巴提勒舅舅的妻子——冲他怒吼道。

她今天一反常态没戴头巾。要知道在他还没满十六岁的时候，她就用黑色头巾把脸遮了起来。他看到她满脸悲伤，愁苦就像帐篷绳一样，在缕缕皱纹之间绷紧扎牢；失去光泽的双眼像两口枯水井，整张脸都写满了不幸。

她把发辫拆开，让一头白发蓬乱地披散开来，额前的短发蓬松地搭在右边脸上。

宰班对她这副模样并不吃惊，试问，有哪个母亲在七天内痛失两个正值青春年华的儿子后，还能控制住自己？又有哪个母亲能够受得了因为他的存在使得两个儿子接连惨死家中的痛彻心扉？

她把包袱扔到地上，威胁道：

"否则，我以孩子们的人头发誓……"

她噤了声，竭力忍住眼泪，咽了一下口水，继续咬牙切齿地说道：

　　"你不再是我的家人了。如果你还不从这里消失，我会亲手杀了你！"

　　她转身向女厢走去，走了两步又回过头来，脸上肌肉抽搐，强忍着哭泣，似乎到了崩溃边缘，用近乎央求的口吻说：

　　"看在先知的面上，够了吧！现在还剩三个，我不想再失去他们了……走吧，今晚就走！从今往后我不想再看到你这张脸。"

　　她放声大哭起来，一只手捂着脸，似乎想克制自己，接着又发出一声愤怒的叹息。看到这一幕，他的胸口也像有一团火开始燃烧起来。他茫然无措地杵在那里，摩挲着男厢旁的柱子，看着她哭得嘴唇不住地抽搐。

　　在宰班看来，现在的她就是死神的化身。

　　她稍稍稳住情绪，一边低声呜咽，一边继续朝女厢走去。在掀起帘子、踏进女厢之前，她转过头来，刚才脸上的哀伤与祈求一扫而空，取而代之的是冷若冰霜，这让宰班吓了一跳。她，脸庞像被灾难扫荡过一样，仇恨噬咬着他的内心，厌恶紧扼住他的咽喉。她两眼瞪得大大的，带着熊熊怒火吼道：

　　"别在我家过夜，你这个该死的祸患，不是你死，就是我亡！"

　　她朝地上啐了口唾沫，消失在帘子的后头。宰班摸了摸自己的喉咙，仿佛她的手紧紧地箍住了那里。

* * *

红色的晚霞濡染漫天曛彩，光线逐渐暗淡消退下去。宰
班依旧迷茫地站在那里，摩挲着一根帐篷绳，望着落日的弧
边慢慢沉没在沙漠的后头，为可怕的夜晚腾出地方，未知的
一天就这么开始了。他想到："我该去哪里？"

伊本·巴提勒舅舅的帐篷扎在高坡上，那是北边帐篷区
的尽头，是个四角帐篷。左前立柱下的区域是座席，立柱中
间挂着帘子，把座席与宰班表兄弟们睡觉的区域分隔开。舅
舅把宰班接来后，这里也便成了他睡觉的地方。厚厚的帘子
被拉到篷顶，在第四根立柱处隔出一片空间，那是被严严实
实地遮住了的女厢，同时在另一个边角隔出一块小小空间，
那里有炉灶，是烹饪的地方。

帐篷面朝西边，这个视角正好将这片区域的风景一览无
余。门前错落有致地扎下了五十三个帐篷，就像一支喜气洋
洋的驼队。宰班每天清早都把它们数上一遍，好打发在这里
无所事事的时间。他又一次注视着眼前的景象，就像这二十
天里每次日落时分，人们在户外的活动也跟往常一样单调。
孩子们在帐篷间追逐打闹，牧人带着羊群从牧场归来，羊蹄
踏得尘土飞扬，一群群羊儿咩咩叫着，跟着小伙子们往羊圈
里走。女人们头顶着小捆柴火，摇摇摆摆地走在小路上。骆

驼的叫声从四面八方断断续续传来，连北面最远处也回荡着这些嘶鸣声。池塘里的水被晚霞染成红色，好似一池血水。姑娘们从池塘边跑来，腰间还挂着盛满淡水的水袋。宰班看着池塘出神，自从他杀死穆特艾布·古萨卜之后，就时不时地这样发呆。他凝视着那一池粼粼红波，不禁想起曾在那里度过的美好时光。那时，他常常在水波涟涟的池塘边弹琴歌唱，逗姑娘们开心。只要他一拨动琴弦，姑娘们便随着音乐颔首低声吟唱，如痴如醉。她们还会告诉他，他的歌声唤醒了她们内心对爱的渴望。

他还想起曾经耐心地等待雨季来临，等待雨水忧郁地滴落，在夏季热风吹拂后，再次复苏池塘的生机。那时候，雨水洒落在姑娘们身上，还没变成一汪绿色就被损毁。他聆听着她们的交谈，欣赏着她们的美丽，尤其她们娇俏的笑声更是令他心神荡漾。在他看来，这笑声正是她们散发女性魅力的秘诀。

一阵酸楚涌上喉咙，他将目光从池塘移开，感觉眼前的风景不复从前，美好的回忆带着他的快乐一去不复返。忧愁，如同利刃在肋间穿行，绞得肝肠寸断。他从小就听老婆婆们讲述天堂的轶事奇闻，这片池塘对他而言，就是天堂的一部分，只是这个天堂此生再也无缘相见。

宰班的视线投向对面低地。那里平坦开阔，一直延伸到伊本·巴提勒舅舅的骆驼群伏卧的地方，几只白骆驼正跪卧在那里，他很喜欢这个景象。

宰班自言自语道："舅舅现在该后悔把我接来了吧。他的两个儿子萨阿德和萨阿敦都是因为我才被杀掉的。他肯定巴不得我死。看到那一幕，就连我自己也没办法接受我自己，更何况他呢？"

宰班用手揉了揉两条耸起的眉毛，又擦了擦瘦长的脸庞，深吸一口气，叹道："现在我能去哪里呢？"

宰班想专心思考这个问题，可疲倦却令他难以集中思想，所有的尝试都是徒劳，他无法集中精力思考如何摆脱困境。他死里逃生的经历就像逐渐收紧的绳索，牢牢绑着他，使他感觉呼吸也变得困难起来。

自从杀了人，宰班便再也无法平静下来，如惊弓之鸟，任何风吹草动都会吓得他心惊胆战。这段时间里，他无时无刻不在盘算着如何避开古萨卜家族的突袭，但是纷乱的思绪总是战胜理智。死者的兄弟侯密丹·古萨卜曾在族人面前发誓，就算骆驼生下了浑身疥癣的狗，他也绝不会放弃复仇。他扬言将亲手割下宰班的脑袋。

"该去哪里呢？"宰班脸上堆满了茫然无措的困惑，如同将世间万物都尽收眼中一般；脑子里像是堆积着一座沙丘，沙子渗入纷乱的思绪中乱作一团。

他背靠在帐篷柱子上，身体瘫软，然后又滑坐到地上。

环视座席间，三面环绕的红色长条坐垫，外面远处还有被黑白相间的羊皮覆盖的小屋。帐篷里弥漫着木柴的烟味和咖啡香。他右侧有个弧形的石头火炉，火炉上挂着个咖啡壶，壶盖闪着亮光。火炉旁边摆着一个木制咖啡配料箱，这是舅舅的心爱之物。箱子上方有个咖啡研磨盅，旁边摆放着铜勺。他以前看惯了这幅画面，可是现在看着却心生厌恶。

"这个老女人想要我死。"宰班眯着眼看向女厢，绝望地自言自语。随后他又很疑惑："也许是舅舅让她赶我走的吧？"他陷入思考，在地上歪歪扭扭地写下一行字："没有一个人允许我留下"。

他五岁的时候，父亲溘然长逝。他没有兄弟，除了舅舅们再也不认识其他亲戚。除了内志平原再也没去过其他地方。就连自己部落里的人，他也从来都没见过。他没去过叔伯们那里，因为在出生之前，叔伯们就赶走了他的父亲。母亲还告诉他，父亲的堂兄弟们——也就是族长的儿子们——认为父亲会夺走他们的族长继承权，所以把他赶走了。

两周前侯密丹第一次发动进攻，舅舅家有五名男丁因此丧生，那时候宰班就想去投靠伯父。但那只是他软弱内心的一个闪念而已，即使面对掉脑袋的威胁，他依然什么都不敢做。转念一想，便又觉得投靠也会给伯父一家带来麻烦，还要遭族人们嫌弃，看他们的白眼。

他把头探到帐篷外，只觉得各种问题铺天盖地地迎面扑来，并汇成一句话："我到底该去哪里。"

母亲去世后，谁还会关心他？宰班没有兄弟可以投靠，这令他沮丧不已。他也不能求助于堂兄弟。对他这个外来客，没有人会出于亲人的天性来善待他，袒护他。这瘦弱的身子骨也没什么力气在受到伤害时予以反击。如果他生下来就注定当个懦夫，那么他就该坦然低下脖颈，钻进任何一根想要拖走他的绳结之中。

宰班闭上双眼，想到除了自己，没人会在意他的生活，他感到一阵难过。没有父母兄弟，只剩他自己孤苦伶仃。处于人群包围之中的孤单不仅仅是孤单，甚至比令人恐惧的死亡更加可怕。

宰班咽了咽口水，同时把眼泪也咽回了肚里。

谁会关心这样一个人？一出生就被排挤，一直过着卑躬屈膝、四处漂泊的生活。因为恐惧，从不敢要求平等。这些事实令他痛苦——从小就被男孩们辱骂，一直抬不起头来。

"如果没有我们，你爸早就被杀了，也就没有你了。"

一个男孩施恩般对他说道。

"不要对救过你爸的恩人大声说话。"

宰班对游戏中的作弊行为表示抗议时，另一个男孩冲他嚷道。

"你们别信他，他爸为了争权夺利，杀了堂兄弟们。后来他被报复时，又打不过，只好逃到我们这里了。"

他听见一群男孩中有人这样喊道。

最开始他总会跑去找母亲，追问自己听到的这些话是不是真的。她总是习惯性地呵斥道：

"他们要是怕你，就不会说这种话。"

只有那么一次，她听到追问后嚎啕大哭，晃着他的肩膀说：

"跟他们说，你父亲活着的时候，每次有敌人侵袭，他们各家都跑到咱家躲着。让他们再去问问自己的爸爸，各家骆驼被抢走后，又是谁把它们收回来物归原主的？孩子啊，你父亲哈耶卜是个敢于剑指日心的英雄。只不过他的堂兄弟们怕他当上族长，拼命迫害他。他离开部落来到了这里，不是为了争权夺利，只为一个安身之处啊！"

舅母还在女厢哭个不停，她的呜咽声像一记耳光抽在宰班脸上。他想起刚才她撂下的话："我要杀了你。"

一种莫名的压抑感袭上心头，并朝宰班内心深处袭来。他感觉，离开这里就是将自己的命运掷向一个未知之地。

宰班意识到出走这一行动危机重重，也许古萨卜家族正埋伏在外面，伺机砍断他的脖子。即使他没落到他们的手上……又有谁会在宰尔安 [2] 这样的时节出去呢？每到春末，不管是凶残的野兽还是剧毒的昆虫，都会纷纷倾巢而出。而且月初的晚上更是如此。那时候月光愈发暗淡，妖怪和精灵伺机而出，把人抓来折筋断骨，生吞活剥。气候多变并非是宰尔安时节才特有的，荒漠里的天气瞬息万变。拂晓时分总是寒意料峭，清晨太阳就开始熊熊燃烧，预热着正午的火辣，到了下午，空气中暗流涌动，就像老婆婆胸口发出的咳嗽般卷起尘土，接着滂沱大雨随之而来，直至入夜时分，寒意又一次到来。

　　"现在开始冷了。"他搓了搓手。

　　不一会儿，天空已经完全被夜幕笼罩，夜晚的世界也随之拉开帷幕。

　　宰班知道，荒漠的夜晚是一个与白天截然不同的世界，活跃其中的各种动物及其活动方式都与白天大相径庭。夜里出没的动物白天会藏起来，而白天出现的动物在晚上也会消失不见。夜幕下的沙漠更是阴森可怖，遍布罗网，那透过只言片语赋予他灵感的诗歌缪斯却很少在光天化日下到来。缪斯女神通常潜伏在黑夜中，每当睡意袭来，她就把他和枕头隔开。他摇摇头想要终止脑海中涌出的诗歌灵感，她就用不

---

[2]宰尔安：游牧人把内志的暮春时节命名为宰尔安，通常是在三月末四月初（译者注）。

同的方式令他回顾起诗歌的蕴意和美的精髓，直至清晨才能沉沉睡去。

　　然而，过去二十天宰班经历了种种恐惧，诗歌缪斯却未曾降临，没给他任何启示或灵感。如果他可以作一首颂歌，也许会缓和折磨舅舅们内心的痛苦悲号，也可以歌颂他们给予他这个惊恐不已的外来客无私的收容与保护，歌颂他们在敌人面前岿然不动的坚强。这段时间，宰班一直试图调动自己咏诗作赋的才能。尽管这才能百无一用，仅仅表达自己的多愁善感，或者讨姑娘们欢心。在过去的二十天里，各种紧张不安的念头不停地折腾他。他预感自己难逃一死。于是越想越害怕，脑海中充斥着各种关于丧命的想象：譬如被勒死在仇人手中，或是命丧于古萨卜家族的刀下，或者正如侯密丹所发的毒誓那样——终将被砍下脑袋。

　　他抹掉了写在地上歪歪扭扭的字迹，捡起包袱，站了起来。他知道，现在宁愿逃走也不能留下了。站在火炉边，他沮丧地往后退了两步。

　　自从十一年前母亲去世后，这并不是头一次他渴望能够再见她一面。然而，此刻这种渴望格外强烈，他多想唤回她的味道、她的声音和她的模样，因为此时他内心的脆弱和悲伤比以往任何时候都更加强烈。他多想有个怀抱能将自己拥入其中，给他安全感。

"安全感……哪里才会有安全感？"过去的二十个夜晚，是他生命中最黑暗的时光，没有任何安全感，反倒充斥着各种冲突和袭击。交锋双方都有人丧命。尽管所有人都立誓要勇猛无畏，帐篷外喊杀声一片，他都始终躲在帐篷里，因为他需要安全感。自从杀掉穆特艾布，他就失去了安全感。从那时起，整个世界也随之失去了魅力与美。他深知安全感才是最重要的。有了安全感，周围的世界才能展现出固有的快乐与光芒；如果失去了它，一切都黯淡无光，就像他此刻看到周围的景象。

舅母的话又一次在心中回响："快滚吧！"

宰班看向包袱，上面有个用粗线缝的补丁——红色布面上用黑线绣着的四边形。包袱略微偏大，开口处用绳子扎紧，然后牢牢绑起来。包袱侧面有个口袋。他打开一看，里面有个看起来质感不错的羊皮水袋。他把水袋掏出来，发现口袋里还装着椰枣和干酪。如果省着吃，这些估摸着能凑合两天了。要是他还能捕获点猎物，那么坚持四天也没问题。

一年中这个时节是最适合捕猎的。宰班掌握不少捕猎技巧。现在肥美的野兔和跳鼠多不胜数，或许还能碰见羚羊。

"可是……我要去哪里呢？"这个问题敲打着宰班的脑袋，让他从逃走并靠打猎为生的念头里清醒过来。

宰班全身战栗，连肋骨都跟着颤抖起来，他不知道这是因为天气寒冷，还是他再次陷入了内心的恐惧，抑或是由于他第一次严肃地思考问题。

这是他人生中第一次开始思考明天。然而只要想到眼前的现实，他的思绪就会被打乱。他只能在大家面前佯装镇定，不断重复："昨日一去不复返，回忆起来多忧愁。明天也许会来也许不会，思虑太多也平添烦恼。我们所处的现在，才是真正值得我们去思考的。"他通常会以一个笑容来结束这番豪言壮语，露出那一口大黄牙。

一想到明天，舅母的形象就在他脑海中打开了无数扇烦恼的大门，过去的记忆也纠缠其中，仿佛装满小麦的袋子，冷不丁在回忆里炸裂开来。

宰班只熟悉这里的生活，内志和舅舅们已经成为他生命的一部分——就像头脑、手和心脏一般不可或缺。失去这些在生活各方面都习以为常的器官后，他又该怎么生活？啊，他那已然支离破碎的生活突然间变得面目全非，可他却不想让它改变。他多么希望生活还像穆特艾布被杀之前那般安宁，他还为姑娘们弹着拉巴卜，把和着韵脚的歌声献到她们面前。

宰班感觉自己控制不住地簌簌发抖，于是翻了翻火炉里的柴火，炭块又重新燃烧起来。他把散落在火炉里的柴火集中起来，堆在炭火上烧着，然后把头巾两头分开，以相反的方向缠在头上，两端的末梢在后颈处打个结。接着他把脸凑近火炉，吹起气来。

"为什么所有这些倒霉事都发生在我身上！"他心想。

他把灰烬拨开，使劲儿地往炉里吹着气，炭块又熊熊燃烧起来。"主啊，我到底错做了些什么！"

宰班从未伤害过任何人，也没主动招惹过任何麻烦。他生来就只会息事宁人，所以人缘一直不错。他热爱生活，难道对生活的热爱也会伤害他人？他还乐于助人，是的，他愿意在任何力所能及的事上为别人提供帮助，譬如看见有人在搭帐篷，他会过去一起搭；有人需要帮忙，他就施以援手；看见有人扛着重物，他也会去搭一把手。谁召唤他，他便立刻回应。在大锅烹制羊肉的时候，他还会欣然地打个下手，帮忙把肉盛到盘子里，帮忙派餐和盛米饭……"为什么？我做了这么多好事，本该被犒赏，却……"他发现自己已经说出声音了，赶紧捂上了嘴。

宰班感觉胸口一阵阵发堵。他想吐出体内的浊气，于是更加用力地往火炉里吹气，灰烬被吹得四处飘散，仿佛周围被染上了白色的光晕。他记起那段陈年往事:那时他才十七岁,偶然路过一排帐篷后面,听到女人们在争吵。他能分辨出其中有他母亲的声音。有人似乎怒火中烧,激动地大喊:

"他可是被你抛弃的丈夫的儿子。如果那群人真来攻击我们,你就去投奔他吧。"

当时他不明白她们到底在说什么,便靠近门帘,想弄清事情的原委,随后他听到一个老女人冷言冷语地嘲讽道:

"火只能留下灰。"

他母亲声音颤抖地喊着:

"可是灰也能弄瞎你的眼。"

一缕烟雾从柴火间袅袅升起,灰烬扑进了宰班的双眼,顿时泪水泛起。他用袖子擦擦眼睛,悲哀地想:"灰确实能弄瞎眼睛啊。"

他吸了吸鼻子,回忆也随着烟雾升腾起来。他记起那之后发生的事情。当宰班离开片刻后再次回到帐篷的时候,母亲正靠在女厢的顶梁柱上,头上缠着黑色头巾,似乎正烦恼着什么。他什么也没问,因为他知道,一旦他打开那扇门,将掀起狂风暴雨。从她面前走过时,他不由得抓紧了拉巴卜的琴弦。这时,母亲有气无力地开口了:

"宰班啊,哈耶卜的儿子。"

他不想和她说话,便假装没听到。她便又喊道:

"宰班！"

他在门廊的一角转过身来，言辞闪烁地应道：

"嗯嗯，你等等，我马上回来。"

她却叫起来：

"你要去哪里？是去池塘边吗？去给姑娘们弹琴？还是去招惹那帮小伙子，让他们往你身上吐口水，赶你走？你到底要去哪里？告诉我！"

他的胸口像被堵住了一般，于是冲她吼道：

"你到底要我怎样？"

她的声音充满怒火，吐字却含糊不清：

"我要你变成一头狼，跟你父亲一样让人不敢小瞧！"

她站起来，一瘸一拐地朝他走过来，接着充满怜爱地说：

"孩子啊，别再这么顽劣了，挑起家里的担子，就像你父亲那样。"

她抓住他的右手，紧紧按住，继续说道：

"孩子啊，你发誓，然后践行你的誓言，像个男子汉一样。"

他盯着她，看出她有多么的悲伤和绝望，下巴上那墨绿色的刺青也在惶惑地颤动着：

"孩子，别在她们面前丢我的脸！这群该死的女人，以前都想嫁给你父亲，不过你父亲偏偏选了我。她们现在就想看我倒霉。"

他把手抽出来，往外走去。而她紧跟在后面，带着哭腔低声说道：

"我的孩子啊，你难道不想做男子汉，让我在她们面前抬得起头吗？"

他转过头，脚步却没停：

"我本来就是男子汉。"

她愤怒地吼起来：

"告诉我，你的男子气概在哪里？不……你才不是男子汉，你是懦夫，是丧家之犬！你的火点不着，你的斗志也沸腾不起来，甚至在他们面前受尽侮辱也不敢还击！"

他把她抛在身后，爬上帐篷后面的小山丘。

可是她那高亢的声音依然如影随形：

"今天那群娘们儿又说你是懦夫。"

他停下来，转身说道：

"她们想说什么就说好了，能把我怎么样呢？"

说完，他便继续快步逃开。

她却喋喋不休：

"什么能伤害你？你父亲哈耶卜是男人中的英雄，你是他儿子！"

"哈耶卜已经死了，再怎么厉害也早没意义了！"

"他的名字还活着，不会死的，这就够了！"

"那就让他的名字去点燃火焰，激发斗志吧！"

"住嘴！你这个没羞没臊的东西！"

他又停下脚步，转身面向她，大喊道：

"你到底想怎样？我就是当不了男子汉，你去找我两个姐姐吧，她俩没准儿能替我当男人！"

等他爬到山丘后头，她的声音终于变得模糊了，这时她嚎啕大哭起来：

"你该叫狗崽子才对！宰班是男子汉的名字！你该叫狗崽子，狗崽子！"

两年后，她撒手人寰。那是在斋月第一天的清早，当时宰班还在井边为姑娘们弹着琴。

她的声音还依然在他耳边回响："狗崽子！"
后来大家都开始用这个外号侮辱他。

宰班低声为母亲祈求真主的怜悯：
"真主啊，请让她在天堂安息吧。"

他惊诧自己对往事的记忆如此清晰，似乎这话她刚刚才说过，而并非十三年前。

他觉得，也许是回忆化成了灰烬和烟雾，升腾而起，让他双眼流泪不止。

烟雾愈发浓稠起来。

"我什么都不要，只要太平。"他始终用同一种方式吹着气，心里想着，"但真主啊，太平却不想要我。"

一朵小小的火焰炸开，他又添了一些柴火，然后蹲坐下来，用衣服的下摆轻轻扇着。

火焰摇曳的画面将他的思绪拉到了嘉丽娅身上——她便是他心中那朵闪闪发光的火花，她的笑声令他熊熊燃烧。

"嘉丽娅。"他轻唤着这个名字，继续用衣服扇着火。

他在想，如果不认识嘉丽娅，自己就不会杀掉穆特艾布了。

"要是那个清晨我没有看到她该多好啊，要是没人跟我提过她如何美丽就好了！"

他凝视着火焰开始回忆。第一次见到她是六个月前。那时对于她出众的美貌与大胆早有耳闻。有些小伙们口耳相传，说她竟然允许某个小伙子亲吻了她的脸颊，仅仅因为他称赞了她的白皙。而那个小伙子将她比喻为"世间尤物"。于是嘉丽娅叫他快来亲亲"世间尤物"吧！可是当他试图再次亲吻她时，她却给了他一巴掌，说她可不是他所认为的那种人。

坊间还流传着另一个故事，说某天嘉丽娅竟然在一个老头儿面前把裙子撩到了大腿中间。她对自己的朋友们解释说，她只是想帮他重返青春。据说老头被眼前的"春色"震撼，激动得抖个不停。在她离开后，老头儿对周围的人说，他感到了一股奇妙的活力。

幸运的是，他无意中听到一个消息，说第二天恰逢节日，她会在那天清晨献舞。他疯了般想要看看传说中的美女，不惜跋山涉水赶到了她的部落。路途其实并没有多么遥远，然而对于一个心急如焚的人来说，还是要花上不少时间才能走到。曙光初现时他就出发了，在日上中天之前就赶到了那里。当他看到她时，微风正吹拂着她的秀发，两排姑娘拍着手，反复唱着节日颂歌，而她在中间翩翩起舞，就像风吹拂下的火焰般摇曳生姿，那一刻，时间的脚步也慢了下来。周围的一切都不复存在，只有她的倩影，和她在阳光下散发的光芒。平生见过的所有漂亮姑娘，此时都被统统抛到脑后，留下的空白都被她的美丽填满。他觉得在她身上蕴含着很多自己无法捕捉的东西，美丽竟是如此的神秘，如此的不可捉摸。她瞬间成为他在世界上唯一想要与之交谈的人。当她在两排佳丽中翩翩起舞，燃起男人们心中的火焰时，诗歌缪斯亦趁虚而入：

姑娘啊，婀娜多姿的美人！
扬起节日的光芒。
弹起你的乌德琴，它的模样，
就像婀娜的姑娘。
我将胸膛献给你，
血液甘愿围绕你流淌，

双手捧起你的杯子，一饮而尽，

端杯的手，也献给你。

第二天，宰班又一次陷入这种疯狂。那时他坐在池塘边的树荫下，正拨弄着拉巴卜的琴弦，一个声音突然出现在耳畔，像鸽子羽毛般撩拨着他的耳廓。那个声音轻问道：

"你是宰班吗？"

他回头，发现嘉丽娅正站在他身后。

宰班不禁哀叹道：

"我真是自找苦吃……要是没见过她就好了。"

在他看来，嘉丽娅是一切的罪魁祸首，是她害自己杀死了穆特艾布，也是她推倒了头顶那根支撑他整个世界的支柱。而他，把所有的爱都给了她。虽然他心里清楚，她与发生的一切并无关联，但他还是会有那样的埋怨，而且无法说服自己。

看着火苗渐渐旺盛起来，宰班又往炉里添了一些橡胶树的枝干，这下冒出些许薄烟。于是他继续扇着火，久久地凝视那串正舐舐着空气的火苗。

宰班怀念童年时光。每逢太阳落山，他便和伙伴们围坐在火堆旁。那是一段完全无忧无虑的日子，充满了安宁祥和。安全感弥漫在他眼前的每一寸土地上。这时会有老婆婆们绘声绘色地给他们讲各种各样的故事，用美妙想象编织出奇幻世界，给他们的小脑袋带来强烈的冲击。在他看来，那时世界正如同老婆婆们口中的英雄故事一般，既神秘费解，又惊险刺激！多单纯啊。后来，人生道路上遭遇的种种意外也不会扰乱他的生活。他曾疯狂迷恋艾布·扎德·海拉利和飞马的故事，也对能和动物交流并使得精灵也臣服的苏莱曼国王钦佩不已，他还喜欢安塔尔·阿卜杜·戈维和刺杀暴虐者的宝剑，驯服猛兽的萨利姆·泽尔，还有祖威比和爱上他的女精灵……

每个夜晚，都有数不清的故事与传说被娓娓道来，直到他长大成人，这些烂熟于心的故事随即逐渐失去了光芒，其中的奇幻怪诞也不再吸引他。这时候诗歌缪斯降临到他身边，带他到另一番新奇之境，那里充满了韵律格式与言语技巧的奇妙组合，激发了他在这方面的内在潜能，从诸如伊本·莱奥本、海宰尼和瓦格戴尼这样备受爱戴的诗人诗作中汲取营养。他的天赋如繁花般不断盛开，融合了各种芬芳，最终香气四溢。

"要入夜了。如果我不走，那个丧子的母亲是不会放过我的。我今后都要在东窜西逃中度过了。"他深深吸了一口气，又缓缓吐出来，喃喃道，"为什么我得变成灰烬？"

他心不在焉地看着逐渐升腾的火焰，想着为什么他现在成了这副模样？他到底做错了什么，才会沦落到如今这种境地？这并不是因为他杀了穆特艾布·古萨卜！对于这种境地，对于他整个生活，对于事故发生前他所遭遇的种种，杀人都只是结果而并非原因。

"你这个狗崽子！"
母亲的骂声在他耳边回响。

宰班问自己："我真的是懦夫吗？"他总是听到人们这么形容自己。

快速翻阅了一遍脑海中的往事，他想从中发掘问题的真相。他觉得自己不是懦夫，只不过每当遭遇危险，他总是试图花最小的力气明哲保身。然而，沙漠里人们更注重名声，对性命与太平并不在意。

"我不是懦夫，但也不想惹麻烦，我只求太平。"每当被辱骂的时候，他总是装聋作哑，因为一旦回应就会惹出更多麻烦。至于打架的时候，他通常能逃则逃，或是很不情愿地用他那瘦弱身体所能承受的各种方式进行自卫。就算逃跑，那也并不是因为他懦弱，而是痛恨那种迫使他由于挑衅敌人而有可能招致更大伤害的感觉，那就像骆驼发狂时一样。

想起小时候母亲的斥责与非难，宰班顿时感到胸口发紧。每当母亲得知他挨了小伙伴的打却没有还手时，就会把他赶出帐篷。

母亲曾拽着宰班的手，将他拖到孩子们玩耍的地方，然后挥舞着粗棍子命令他立即在她面前回击那个打过他的小孩。有时他会极不情愿地照做，但更多时候他只会站在原地，哭到母亲失去耐心，她自己跑去当着他的面亲手痛殴那个小孩。

任何伤人之举都让宰班痛恨自己。他讨厌武力，也厌恶出手伤人的自己，甚至当他在母亲挥棍胁迫下殴打了那些小孩时，也会跟着他们一起哭，随着他们挨到的每一下抽打一起痛。被迫回击之后，一种夹杂着愤怒的恐惧便席卷而来。究其根源，是他觉得自己的安全受到威胁，没准儿挨打的小孩又会叫来兄弟们或者堂兄弟们，一起揍他。事实上，这种情况已经发生过很多次了。

脑袋快要爆炸了，他感觉自己将像灰烬一般飘散在风中。

宰班揉了揉额头，深深吸了一口气，就像往胸膛打气一般，说道："我不是懦夫。"

＊ ＊ ＊

"我今晚必须逃走。"现在，逃走的想法已经成了宰班的最终选择，同时也是他的宿命。舅母那双怒火中烧的眼睛，烧得他不得不动身。"我要亲手杀了你！"

舅母的话音中不仅是恐吓，更像是源于内心深处积怨的总爆发。刚刚，她那愤怒的语气分明意味着，她今晚必定说到做到。

"我今晚不能在她家过夜了。"

事情对于他而言已经发生了变化：现在他不再关心去哪里的问题，只要走了就行。村庄多不胜数，附近便有个村子，从那往北可以到汉志，向南可以通向阿哈萨。去哪里不重要，重要的是他得离开内志，离开内志那种崇尚坚韧、无畏和武力的生活，然后就能过上更好的日子了。

宰班开始焦躁地等待夜色降临帐篷区，这样他就能轻轻松松地偷偷溜走，不被任何人发现。

胸口实在堵得厉害，仿佛五脏六腑都被挤成一团。荒漠与山谷环绕四周，沙尘铺天盖地，崎岖的小路交错盘绕地展现在他眼前。宰班想等一会儿再出发，然而随着这个念头泛起的痛苦却噬咬着他的咽喉。等待实在是令人厌烦啊，不仅伤害了他自己，还破坏了美好的期许，像一个烦躁不安的魔鬼将时间的沙砾一粒一粒轻松堆积起来。从前放羊的时候，他就倍受这种等待的折磨。那时，宰班总是坐在那里盯着羊群，生怕哪只离开自己的视线，内心无比渴望太阳落山，盼着惨淡的一天赶快结束。

夏天，宰班等待雨季的到来，等待雨水将池塘灌满。那个时候，他便能见到那些漂亮的姑娘们，听到她们的声音。夜里，他会等待诗歌缪斯的降临。生活对他而言，似乎就是一连串的等待，破坏了本来的好滋味，将他浸在一潭死水之中。

他的诗歌里有几句描述了这种等待：

> 我等待，等待就像烤人的火。
>
> 被烈火炙烤的人多可怜，
>
> 等待就像光脚踩在火堆上，
>
> 停下来，脚烫；往前走，脚伤。

咖啡壶被放在壁橱的角落里。宰班揭开壶盖，拿起壶身朝火炉那边微微倾斜，往里看了看，发现里面还有半壶咖啡，倒出一杯，呷了一口，咖啡已经凉了，便把咖啡壶端到炉子上加热。

宰班思绪翻涌，视线却巡睃在座席间。这家女主人的呜咽声终于停止了，然而转瞬又哭了起来，只不过竭力压低了声音。"我怎么会杀人呢？怎么会！我只想远离争端，因为那只会带来伤害。"宰班摇摇头，嘀咕道，"如果嘉丽娅没有笑，这一切就不会发生了……要是我不认识她就好了。"

一段与她有关的回忆浮现在脑海，那是宰班向她表白的情景。

当时嘉丽娅坐在他面前，拨弄着千里光的花瓣，微笑着对他说道：

"宰班，你知道吗，你一点都不好看，五短身材，下巴比脚还长。不过吧，你的诗，你的诗……"

她停下来，凝眸望向高处，好像在脑海里搜索辞藻，同时双唇摩挲着花茎：

"我不知道怎么形容，我听到你的诗歌，就感觉你的手好像溜进我的心里，我的心随着你说出的每个词每句话在跳动，而你的另一只手仿佛抓紧了我的胸口，尤其是在你朗诵的时候，这种感觉更加强烈。你的诗歌好像出自一个被折磨的灵魂。"

他笑道：

"你说的没错，我长相不好看，但我不会为此感到自卑。"

她把手里的花一抛，说道：

"你才华横溢。相对而言，外表欠缺些也不算什么。来吧，再给我念一遍你昨天的那首诗，关于思念的那首。"

他拿起拉巴卜和琴弓，欢快地弹奏起来。

嘉丽娅是个情场老手，她能逗得那些年龄只有她一半的毛头小子也忍不住来找她搭讪，也能暧昧地跟宰班调着情。

他吟诵道：

心上的姑娘啊，高贵的你，来自高贵的血统。
有人愿意用一生换取一小时，只为和你在一起。
我心中的思念，像火焰般一直熊熊燃烧，
对你浓浓的思念后面，亦只有思念浓浓。
如果你有了心上人，我心甘情愿死去。

如果你没有心上人，我就把性命交给你。

看着我，你的眼神我在意。

向我发号施令吧，我会时刻悉听遵命！

我的心刮起了风，来自你的方向，我的北边。

男人没有冲动狂热，便不算坠入爱河，

我胸中升起的沸腾，像高悬的一颗星。

在见到你之前，它从未升到如此的高度。

只有和你在一起，我才能感到时间流逝，

只有听见你的声音，我的生命才有愉悦泛起。

嘉丽娅微微地仰起头，说道：

"啊，宰班，好像你真是在思念爱人呢。你经历过相思之苦吗，还是就跟诗人们一样，只是在骗人呀？"

"诗歌是真情实感，绝对不是骗人的。"

"你果真犯了相思！"

"是的。"

"那你是坠入情网了吗？"

他点点头表示肯定。

"你爱上了谁呀，才说出了这样花言巧语？"

"你。"

宰班顿时吃了一惊，并非因为如此轻易便招供出他对她的爱慕，而是她看起来并没有一丝惊讶。

在他说出"你"这个字的时候，她仍然仰着头，保持着之前的姿势，脸上也没有闪现出任何厌恶，仿佛早就断定他会说出这个字一样。

他的牙齿打颤，感觉自己现在应该上前一步，继续吐露心声：

"嘉丽娅，自从听人讲起你，我就爱上了你。在那天清晨看你跳舞之前，就爱上了你，甚至……甚至在听人讲起你之前我就坠入你的情网了。这是我真实的感受。我真的爱你，在我……在我出生之前就爱上你了。告诉我你想要什么吧，想要什么都可以，对你的爱不仅在我心里，也弥漫在我整个身体里，在我随时都想要看向你的眼睛里，在我不停地想要唤你名字的舌尖，在我迷恋你声音的耳畔，在我梦里，在我一举一动里，在一切的一切中。"

嘉丽娅放声大笑起来，随后起身说道：

"你刚才是念了一首诗吗？"

"不，不是诗。"

他站起来，朝她走了两步，说道：

"这是我的真心话。"

她大笑着，向池塘另一边的姑娘们走去：

"不是诗……是真心话。"

她带着讽刺的口吻重复着他刚才的话：

"那么你就承认诗歌不是真心话喽？"

"啊！"他双手抱着脑袋痛苦不堪，"嘉丽娅，从我听到你的名字的那个时候开始，就像被人下了诅咒。虽然现在这日子已经够苦的了，但接下来肯定更加难熬。"

他又倒了一杯咖啡，喝了一口却被烫了嘴，赶紧把杯子拿开，在手里晃了几下想让它赶紧凉下来。他发现这杯咖啡中豆蔻的味道很浓，就像钉子上的铁锈味，这正是他最喜欢的。他继续喝着，直到头脑变得清醒，思考也更加认真起来："我得逃走……去哪里都没关系。"

"武器！"想到自己必须得有一件防身的武器，他的眼中闪过一丝绝望，沮丧地叹了一口气。他自己完全不知道怎么使用武器，甚至从小到大，他都刻意回避着这一点，唯恐有人会因此找他麻烦，或者把他拉上战场。再说，他那羸弱的小身板也不允许他跟别人正面交锋。几年前，擅长使用长矛的表兄曾试图和他较量一番。他弱得不堪一击，眨眼的功夫手中的长矛就被打落在地，表兄对他失望极了。

他从小只会用弹弓，擅长用它来捕捉野兔。母亲告诫他务必保持这门技艺，至少在受到欺侮时能够保护自己，即使打不中对方，能射几颗石子出去也是好的。

他的眼睛一亮："弹弓能行！"

他站起身，借着日落时分暗沉的天色向帐篷外望去。他看见伊本·巴提勒舅舅正在骆驼伏卧的地方忙碌着，他的三个儿子忙着驯服一头狂躁翻滚的公骆驼，设法捆住它的腿，让它无法动弹。帐篷的女厢里，那个女人仍在抽泣，嘴里含糊不清地咕哝着什么。她一边张罗着晚饭，一边用力把锅碗瓢盆摔来摔去。

确认过没人注意他后，宰班两三步跳到了侧边门帘旁，把一根用骆驼毛和山羊毛混合纺成的细绳拔了下来，把它们分成一缕一缕的。虽然距离最后一次制作弹弓已经过了很多年，但他仍然熟知如何做出一把精良的弹弓，就跟小时候侯密丹·古萨卜从他手里抢走的那把一样。准备好毛线，他就在帐篷门帘的后面蹲坐下来，伸出右腿，把七根又粗又长的线缠在大拇指上。他将线反复盘绕交结，就像编辫子一样，把一根紧压在另一根上，不断重复着，直到结成一根与小腿差不多长短的粗绳。这样制作的绳子不容易被扯断。宰班把这根编好的绳子放在一旁，然后按照同样的步骤又编了一根。接下来他又花了不少的时间做了一块可以包住射击石子的宽布片。他动作娴熟地完成了每一步工序，就像天天都在制作弹弓一样。他用布片把两根绳子联结起来，随后走到火炉前烘烤绳子，最后将烘烤过的绳子在指上绕一圈，把两端末梢打结固定，喃喃自语："现在我有弹弓了，捕头骆驼也不在话下。"

脑海中刚浮现出骆驼的画面，宰班就隐约听到一群马疾驰而来的声音，是从古萨卜家族驻扎地的方向传来的。

隐约可见有一团团黑乎乎的影子涌过来。他数了数，有六个骑马的人。马蹄声逐渐减弱，听起来像是来人跳下了马。"交战又要开始了！"他飞快地盘算着，"这一定是场速战速决的战斗。比起之前的突袭，六个人简直太少了！"宰班飞快地爬向帐篷里一处隐蔽的地方，手被小梁柱卡住了，羊皮大衣也被刮落下来，他无暇顾及，继续往前爬，直到整个身体平贴地面塞进缝隙里。与以往每次一样，他趴在一个可以遮挡的东西下面，尽量控制喘息平缓心跳，以便听清外面的动静。

　　奔跑的脚步声混乱嘈杂，断断续续传来舅舅呼唤族人的声音，还混杂着周围其他帐篷里响应的各种呼声，还有舅母在呼喊儿子们，哀求他们赶紧躲开打斗，不要让她再次心碎。一切都和过去二十天所发生的一样。宰班觉得这次突袭的人数分外可疑，难道这是他们用来展现勇猛的一次战斗吗？还是说古萨卜家族已经厌倦并放弃了复仇，只是侯密丹一意孤行地带着自家兄弟们来发起袭击？或者……这是一个圈套？

　　如果这是对手的圈套，那么他们是想诱敌深入……他琢磨着。想到这里，心跳不禁骤然加速，强劲有力的怦怦声清晰可闻，令他疲惫不堪。宰班赶紧遏制住满脑子的胡思乱想，心想："不管他们什么来意，对我都不是好事，必须要……"思绪被一个男人洪钟般的喊声打断了：

　　"和平！和平！真主保佑，让我们远离罪恶与血腥！"

离开舅舅们的帐篷区后，宰班跋涉半天后停了下来，精疲力竭地坐在一棵酸枣树下稍作休息。这棵酸枣树生机盎然，给牧场增添了充盈的绿色。虽然这时的宰班穿着厚厚的衣裤，但是感觉像屁股露在外面一样，颇觉羞耻。

宰班打开舅母甩给他的包袱，拿出水袋，往嘴里灌了满满一口水，然后把它放回原处，取出几颗干椰枣，屏住呼吸开始咀嚼。灵魂的每一个角落都弥漫着悲伤，以至于他完全没有品尝出椰枣的滋味。他又往嘴里塞了两颗，慢慢嚼着，还是尝不出味道。没准儿是因为鼻子受伤的缘故。于是，他忍着疼痛用小指在鼻孔里轻轻转了转，发现指甲盖下粘着一小团凝固的血块，擦了擦鼻子，然后吐出那两颗椰枣的核。

清新的空气在酸枣树枝叶上轻轻飘荡，在前方荆棘丛中潺潺流动。拂过生机勃勃的草丛，带来春天牧草的清香，让他好像闻到了令人振奋的味道。然而经历这一切遭遇之后，这里的美景也不能令他心情好转。这片牧场后面就是那肆意舒展，无边无际，让人迷失方向的沙漠。宰班不想停留太久，打算休息一下，让疲惫的身体得到放松，然后再继续进入那充满危险与未知的沙漠。

回想起昨天发生的事情，凶险至极，差点丧命，要不是……宰班赶紧打住，继续回忆下去会徒增烦恼。

他突然觉得生活沉重不堪，令人疲惫，并且会随着时间流逝变成无法逃脱的忧虑。为了在经历各种遭遇后继续活下去，宰班得把这些日子的记忆一脚踢开才行。

他心想："等我到了科威特，就把名字给改了。"

不过他又马上怀疑改个名字是否就能改变他的生活："就算不能改变什么，也一定能让我保住名节，翻过昨天上午那一篇，我那屈辱的名字也不会再被提起。虽然我没有父母兄弟会因我而蒙羞，但有两个姐姐远嫁到了其他部落，她们那里的亲戚没准儿会用我的丑事去羞辱她们。不过我终究会被忘记的，就像死人一样。"

"死人"这个词让他愣了一下，想起侯密丹·古萨卜昨天说的话："从现在起你就是个死人了，像行尸走肉一样活着吧。"

他继续想："他们也许会把我当作反面教材吧，说什么'某人比宰班还懦弱'之类的话。或者说，在昨天早上之后再也没人取宰班这个名字了。"

他断断续续地长吸一口气，接着又缓缓吐出来，望着微风时而轻柔地拂过青草尖，时而又调戏般轻轻将它们吹得东倒西歪，四散开来。

他自言自语道："他们说什么不重要，反正今天之后我都听不到了，以后我也不想再听到关于他们的任何事……"

有个东西突然跃入眼帘，打断了他的思绪。它正在荆棘树旁跳跃，顿时让他恐惧不已，因为在像这样一个不安全的地方通常都会有野兽出没。他的心剧烈跳动起来，生怕跳出来的是一头狼或者一只鬣狗，或者是一个埋伏起来的人。猛兽通常只出现在老婆婆们的故事里，可是谁知道呢，也许霉运就让他遇到。宰班直起身，紧盯着荆棘树方向，看到那个东西轻轻一跳，方才放下心来。"是只兔子。"他一边说，一边从包袱里掏出弹弓。宰班爬到酸枣树后面，身体斜倚树干，弓着背，看着兔子跑到了另一棵荆棘树后。他把石子放在弹弓的布片上，缓缓起身，直到两只背对着他的长耳朵出现在眼前，并且正好在弹弓的射程范围内。尽管距离宰班上一次用弹弓打兔子已经过去了很多年，但他仍然觉得自己可以手到擒来。他屏住呼吸，把弹弓举过头顶，快速转了两圈，目光紧盯着弹弓头，然后手一松，只见石子从空中划过击中了兔腿。

　　"和平！和平！真主保佑，让我们远离罪恶与血腥。"

　　呼喊声停下来后，混乱也戛然而止。他的耳朵好像突然聋了一样，四周被可怕的寂静包围，而这寂静如同恐怖的磨盘，碾压着胸口的每根神经。他百感交集：危急中的叫喊就像闲适时的安静一样，能让人放松，因为这都是正常反应。而危急时的寂静就像放松时突然的呼喊一样可怕，说明情况异常。

他心底暗暗祈祷着："怎么回事？拜托你们快点开战啊，或者随便做点什么都行，就是别再像这样安静了！"

他所有的神经都紧绷起来，努力抑制浑身的颤抖，害怕让身体紧贴着的东西也跟着抖动起来，从而暴露了自己的藏身处。他把头紧靠地面，脸颊贴着沙土，这样至少能缓解一点身体的颤抖。他听到马蹄声越来越近，在帐篷前方拴马桩的附近停了下来。他忍不住撩开帘子，偷偷向外看。虽然夜色笼罩，但他依稀能看见男人们高大挺拔、蓄势待发的身影。宰班来不及看清楚他们的人数就赶紧放下帘子，感觉似乎有二十多个人朝座席这边靠近。他咽了一下口水，心想："怎么回事？"他的脑海中冒出各种可怕的设想：是舅舅因为厌倦了这种只会招致祸患与不幸的交战，决定把他交出去吗？或者是对方为了结束交战，向舅舅们索取赔偿来了？

宰班又一次撩起帘子，借着微弱的火光看到侯密丹的独眼龙叔父麦尔达·古萨卜走在最前面，旁边是他的兄弟费汉·古萨卜和三个族人，其余全是伊本·巴提勒家族的人。

不巧的是，宰班藏身的地方后面就是座席。此时，伊本·巴提勒正站在座席的前面，招呼麦尔达·古萨卜和他的兄弟费汉面对面落座。

宰班抬起脸，扭头向后，耳朵朝着座席的方向，心想："我会被发现的。"

研磨咖啡的声音节奏很快，透过它只能听到一些人在小声嘀咕。他暗想："喝完咖啡就要开始谈判了吧。"

伊本·巴提勒朝着一个儿子喊道：

"羊！快去给我们宰几头羊。"

但是对方有人表示拒绝，说不会在这里吃晚饭，也不会过多停留。

帐篷里有人生起了火，暖意随着火光顿时蔓延开来。宰班又一次小心翼翼地撩开帘子，帐篷里的一切都一览无余，这让他更加心惊胆战——那些人离得很近，甚至只要目光扫过这边就能发现他蜷缩在帘子后面。想到这里，他吓得缩回手并且闭上了眼睛。

宰班听到了做咖啡的人手中杯子轻轻撞击的声音，也听到了木柴在火上发出的呻吟。片刻之后，有人说话了，声音干硬。宰班无法揣摩出说话人到底怀着怎样的情绪。

"伊本·巴提勒，打了这么久，咱们两家都死了人。但是我们毕竟是堂亲。你也知道，伊本·穆阿迪家族正在准备趁机发动突袭，企图抢走咱们的骆驼。这些骆驼曾是我们祖先从他们祖先手里抢过来的。这种时候咱们还在互相残杀。今天我和我兄弟费汉来到你这里，还有伊本·拉达德、库维米、拉吉哈·布勒丹和古尔南斯·本·拜迪哈来找你们讲和。"

"倒咖啡。"

伊本·巴提勒吩咐做咖啡的人，随即说：

"欢迎欢迎。咱们既然是堂亲，就是同盟了。你们想怎么样我都同意，只要你们放过宰班。"

宰班欣喜不已，胸口压着的大石头落地了，原来舅舅不会把他交出去。他又小心地把帘子掀开一条缝，看见麦尔达·古萨卜一边摇晃着咖啡杯，一边说道：

"我们觉得双方讲和的话，先得说好在夏天过去之前都别去招惹外人，好专心对付伊本·穆阿迪家族对咱们的侵占阴谋。至于另外一件事，你知道，什么血都不会像水那样白流了。"

透过帘子狭窄的缝隙，宰班使劲搜寻着舅舅的脸。终于看见了——他盘腿而坐，盯着火炉，搓捻胡须。座席间一片沉默，大家都看着他，等他表态。

宰班轻轻地把帘子放下来，想侧身匍匐从帐篷另一侧出去。可他刚动了一下就感到很危险。要是他们看到帘子晃动便会发现他，尤其是这该死的空气太安静了，一旦帘子有动静，肯定是后面有东西在动，完全不需要任何解释。

接下来还是一阵鸦雀无声。宰班备受煎熬，片刻竟如一整天那样漫长。终于听到伊本·巴提勒说道：

"我希望你们能够收下赔偿，然后放过这个可怜的人。"

"伊本·巴提勒，这个可怜人还没死呢！"

一个声音愤然说道，宰班猜这是费汉·古萨卜：

"你应该知道，血债的赔偿，我们是不会收的！"

这个人越说越愤怒：

"所以不是他死，就是我亡！"

伊本·巴提勒又开始大喊起来：

"咖啡……上咖啡。"

帐篷里弥漫着令人窒息的沉默，随后被咖啡杯碎裂声打破了，伊本·巴提勒一边清理碎屑一边说道：

"宰班是我姐姐的儿子，也是众所周知的大英雄的儿子。我已经有两个儿子死于非命了，现在就算剩下的几个再被杀掉，甚至你们把我也给杀了，我也不能抛弃他。至于停战议和的事情，你们看着办吧。"

"伊本·巴提勒！"

舅母厉声打断了谈话，她高亢的声音从女厢传来：

"麦尔达·古萨卜，还有在座各位，现在大家只有一条路可走。那就是停止互相伤害，做点善事吧。"

宰班听出了她声音里蕴含的悲伤。

伊本·巴提勒吼道：

"闭嘴！妇道人家！"

"我不会闭嘴的。"

宰班大吃一惊，她竟敢当着一群男人吼自己的丈夫。他赶紧撩起帘子，看见她用围巾包住脸，从女厢走了出来。她快步走上前来，站在座席中央。她丈夫还没来得及起身，她便抢先对麦尔达·古萨卜说道：

"让侯密丹和宰班决斗吧。不管谁杀了谁，到此为止。

不能让罪恶继续祸害大家了。"

宰班不敢相信自己的耳朵。"让我和侯密丹决斗……我
一个人孤军奋战……侯密丹可是一头打不倒的骆驼,我怎么
可能打赢他呢?"他心如乱麻,抛开周围的喧哗,专注细听
这该死的女人说些什么,她竟是如此想要杀死他,不惜任何
代价:"该死的女人……该死……该死。"

席间的谈话声变得激烈起来。他听到有人说:

"这也是我的想法,这样一来我们就能彻底了结这码事
了。"

另一个人说:

"伊本·巴提勒,给你的邻居一个好脸色吧!"

这时传来了麦尔达·古萨卜愉快的声音:

"伸出你的手吧,伊本·巴提勒,我们就这样握手言和
吧……伸手吧,老兄……伸手吧……你意下如何?"

"可是……还是先让我听听宰班的想法吧。"

他听见伊本·巴提勒犹豫地回应:

"宰班太弱了……"

宰班的脸微微抽搐,在帘子后低声说道:"喂!舅舅,还
有那个该死的女人,我弱吗?"

话音未落,舅母悲伤的喊声响了起来:

"你们快看啊,他就躲在帘子后面!古萨卜,他就在你

背后！"

"这狗娘养的。"

宰班暗暗骂道，随后有人把帘子掀了起来。

* * *

虽然外面烈日当空，太阳如火焰般熊熊燃烧并散发着炽热，宰班却被寒意包围。看到决斗场，即便被灼热的阳光笼罩着，他也难以抑制四肢的颤抖。这股透彻的寒意侵入骨髓，他感觉就像无数只老鼠在体内跳动。

两队人马如约聚集在一起。费汉·古萨卜带来三十个手下，伊本·巴提勒也有着类似的阵仗。他们在双方帐篷驻扎地之间的平原地带碰头，每队人马后面都簇拥着各自部落的男女老少，大家都想围观这场决斗。

另外还有两群人，分别来自马沙拉克部落和哈瓦非兹部落。他们前来观战的目的是想要拉拢伊本·巴提勒和古萨卜两个家族。

大家聚在伊本·巴提勒为手下搭建的帐篷里。那里空气清凉，宰班却觉得寒冷刺骨，不禁颤抖起来。

大家让宰班坐在帐篷中央，然后七嘴八舌地向他传授各种应战技巧，一茬儿接着一茬儿，那架势简直就像木工干活时发出嗡嗡的噪音，刺耳的敲击声此起彼伏，仿佛在他耳膜上凿了个口子，又像鞋锥刺在他身体里，实在让他痛苦不堪。

"就像我昨天跟你说的那样。"

伊本·巴提勒对他说道：

"你的身体比他轻巧。跟他开战后千万别动手，后退和闪躲就行，好好记住啊，后退和闪躲，就算看他精疲力竭也不要拿剑刺他！除非你有把握刺一剑后能跑得够快够远，不被他抓到。宰班，开战后不能站着不动啊，不动的话你会死得更快。要动，不停地动，就像我教你的那样。你的机会就是抓住他块头大行动迟缓的弱点，而你瘦小轻盈，能在他四周灵活行动。"

面对舅舅指点的这套现场战术，宰班有些心不在焉，开始思索这一切是如何发生的，他又是怎么同意了……两天前当他被人从帘子后揪出来时，他感觉自己陷入了从未有过的困境。即便如此，他本有机会能够说"不"，拒绝决斗，可这个字却始终重重地压住了舌头。

宰班假装听着伊本·巴提勒的指点，心里却在想："还不是你那狗娘养的女人，把我逼到了这一步。她说答应决斗吧，什么哈耶卜的儿子也该是个英雄。你们该死的眼神都逼着我点头！舅舅啊，你们每个人都在和我作对，你们每个人都是我的敌人！伊本·巴提勒，不管是古萨卜，还是你，还是你的女人，还是你整个部落，没有人站在我这边，你们所有人都跟我作对，都想要我死，所有事情也都不顺我意！这个世界就不能容忍我的存在。我明明那么热爱和平，不愿看到血腥，世界却如此厌恶我……你们都去死吧！"

有人站在帐篷前对他们喊道：

"发令开始吧！"

大家都站了起来。宰班是最后一个起身的，他特别想要嚎啕大哭，感觉自己是被拖着去送死的牺牲品。他的右腿麻了，一瘸一拐地走了几步，用手捶了捶腿，好让它快点恢复知觉。他在帐篷立柱旁站住了，看了看前面的人群，眼前的情形把他吓坏了，所有的目光都投向他，一切都前所未有的那么清晰。他心乱如麻，似乎所有的一切都在召唤着他，以便让他看清楚所有的一切。

"要是我昨天逃走了……"他一边想，一边环顾着帐篷里的一切。但是那个该死的女人让她的兄弟们睡在他旁边，防止因他逃跑而让大家蒙羞。宰班觉得发生的一切从一开始就是事先安排好的，所有的事像是一串串起来的珠子，命运就是将它们集结成串的那根线，而现在，线突然断了。

"你明白我的意思了吗？"

伊本·巴提勒打断了他的思绪，随后递给他一把剑，让他拿着剑与侯密丹决一死战：

"宰班，你明白我说的话了吗？"

"明白了，明白了，站着不动就行。"

"我的老天爷啊！"

伊本·巴提勒恨铁不成钢地叹着气：

"不不不，不能站着不动，不能呆站着，你得动起来，像这样……"

他开始在帐篷里左蹦右跳起来，还高高挥舞着手里的剑：

"这样，你看这样，然后这样刺向他。"

他跳起来，用剑刺向空气：

"现在你明白了吗？"

"嗯，明白，明白。"

宰班走出帐篷，强迫自己跟在他们后面走向决斗场，手里的剑太沉了，然而这已经是他们能为他找到的最轻巧的一把剑了。他的手指不自觉地颤抖起来，剑随之滑落下来。伊本·巴提勒狠狠地瞪了他一眼，眼神里掺杂着怜悯、愤怒和责备。宰班知道，伊本·巴提勒是不想让自己部落的男女老少被打上耻辱的烙印，按照阿拉伯人的说法就是：部落的体面被扔进火炉。

宰班不能理解为何他们对耻辱的忧虑竟远远超过对死亡的恐惧。他想起有一次曾对母亲提到他的这个疑惑："人生宽广，为什么要过得如此狭隘？为什么人们非要不停地设限，让它越来越狭窄？人们总是在不停地竞相攀比，总得胜过他人才罢休。为此不惜冒着生命的危险甚至选择死亡，这才是耻辱！"

伊本·巴提勒从地上捡起剑，用剑尖指着宰班，眼神无比坚决，仿佛在命令宰班绝不要给大家丢脸，然后他迅速地把剑转过来，把剑柄一头递给宰班。

宰班再一次抓紧了剑，心想："杀戮才是最大的耻辱。"不过还是跟着他们朝着约定地点走去。到那里之后，大家就得止步了，只剩他一个人上前应战。

世界在他眼中变得苍白起来，整个身体里面充满了恐惧。他一边走一边跟身旁的舅舅低声说道：

"我喝多咖啡了，想撒尿。"

伊本·巴提勒的眼神像鞭子一样抽过来，高声对他说道：

"你是想让我们出丑吗？"

宰班只好继续向前走去。

今天原本阴沉沉的，乌云布满了天空。宰班却仿佛在一朵白云上看到了母亲的脸，她正骄傲地朝他微笑。

大家停住了脚步，彼此距离较远的三支队伍形成了一个三角形，每队人马各据一角。只剩宰班独自继续往前走。

　　伊本·巴提勒信心十足，慷慨激昂地喊道：

　　"侯密丹，开战吧！"

　　兔子在地上打了个滚，试图跳起，却被自己的伤腿绊倒了，只能拖着那条伤腿挣扎逃跑。宰班见状兴奋地跑过去。"我本该射中它脑袋的，不过没关系，它逃不远的，我还需要练练手。"他一边自言自语，一边靠近树丛。那里荆棘丛生，藤蔓纵横交错，挡在面前。

　　"它躲到哪里去了？"宰班沿着兔子留下的足迹向茂密的荆棘丛深处走去，尽量小心翼翼地轻踏着枝叶。但是，他很快发现兔子一瘸一拐地在距离不远的另一丛树间跳跃着。"看来我这一击还不够。"他一边嘀咕，一边捡起另一颗石子放在弹弓上，朝兔子快步走去。兔子蜷缩在两树之间，惊恐得鼻尖发颤。宰班盯着它，弹弓在手中晃来晃去。兔子这副模样让他想起了昨天上午的情形，不禁想到："如果兔子长着锋利的爪子，就不会像现在这样四处逃窜躲藏吧。"随后他猛地把弹弓举过头顶，用尽全力旋转，接着松手发射。兔子脑袋被砸了个稀烂。

宰班身上没有带着刀。他把衣服挂在酸枣树上，开始在周围的地上寻找合适的工具，准备剥兔皮。他捡起两块坚硬的椭圆形石块，不断相互击打，直到其中一块被砸裂，随后他把砸碎的一半斜放在另一半上继续砸，直到它们碎成小小的两片薄片。宰班捡起一片，打磨其中一端，直到它变得锋利。这个过程很累人，再加上头顶正午烈日，宰班的腋下也出汗了。他用锋利的石片把兔子的皮剥了下来，仔细清理了内脏，掏出了青色的细肠子和混杂着各种植物残渣的胃囊，然后把兔子撕成四块。

他把包袱里的枯枝干草取出来堆在一起，然后拿出两只烤肉铁叉，一根弯的，一根圆的，用力互砸，两根铁叉间迸发出火花。火花一碰到干柴，滚滚浓烟便涌了上来。他轻轻吹着气，直到火焰燃烧起来，然后把刚才捡来的一些干树枝放到上面，等待火势旺起来，再把两块兔肉放在了火焰旁的石块上。

宰班试了一下，兔肉还得再烤一会儿才行。他突然意识到，刚才忙活半天，竟一时忘记了昨天的遭遇，也暂时从胡思乱想中抽离出来。宰班倚着酸枣树的树干，打开包袱，取出一小块黄金，想起了伊本·巴提勒的脸庞。今早伊本·巴提勒把这块黄金塞进他的怀里，要求他赶紧离开：

"孩子啊，我们这里已经没有你的容身之处了。"

那张脸上似乎堆积着整个世界的失望与忧愁，宰班从那个表情中看出自己已经变成不受欢迎的人了，于是拿起包袱扭头便走，什么基本生活必需品都没带，甚至连一包衣服也没有来得及拿。他觉得，如果以后每天面对舅舅那样的一张脸，世界上没有衣物能够为他遮羞了。在他走出帐篷之前，舅舅问道：

"你是要去投靠你的叔伯们吗？"

宰班没有转回去看他，摇摇头算是回答了。

"远处有个叫科威特的国家，你去那里吧，可以找份工作，再把我给你的这块黄金卖了，换点需要的东西。你知道怎么去那里吗？"

宰班又摇了摇头，始终一言不发。

"朝着绿色牧场的方向走，从它背面你可以下穿到沙漠，一直往前，直到看见红色的内夫得 [3]，你知道那里的。在红色的内夫得旁边有个村庄，村庄附近有口水井，前往科威特和巴士拉的商队通常都去那里补给淡水，你可以跟他们一起上路。"

出去之前，他看见舅母正幸灾乐祸地盯着他。以前舅母每次看到他在夜里哭泣时，也是用这种眼神看着他。

---

[3]内夫得：流动的沙丘（译者注）。

宰班走出帐篷，感觉族人们的目光像扇在自己脸上的耳光，像一只只使劲在背后踢他的脚，每个人都想早点将他赶出帐篷区。

　　"不怪他们，"他把金块放回包袱里，"我昨天的所作所为已经够让整个部落丢脸了。如果……如果在他们来之前，我就逃走了，如果那个该死的女人没有插嘴，如果……如果……如果……大家没有看到我……"

　　他感到羞愧难当，干脆抛开这事，想想别的。

　　他望着纯净的天空，太阳向西偏移，散发出一种从未见过的美丽。他开始想念自己的拉巴卜。如果它在身旁，便可以在此时唱一首赞美天空的颂歌。在发生了这一切之后，唯有它，还保持着最初的模样。

　　他背靠在酸枣树的树干上，把裤子撩到大腿，感觉到空气中一丝凉意，夹杂着绿草的清香，拂过腿上的汗毛。他开始畅想科威特。诗人伊本·卢阿本就在那去世，并葬在那里。他还听过姑娘们争相夸赞来自科威特的衣服布料。他能在那里过上幸福的生活吗？那里的人们能够接受一个流浪汉的加入吗？通常各村居民都不允许外人进入。不过，也许在科威特情况会有所不同……他又想了想自己能做什么工作。除了放牧，他什么都不会。然而，这并不妨碍他去学点新手艺，只要能摆脱掉那些把手艺活视为耻辱，觉得有损男人气概的游牧人，当一个手艺人又有何不可呢？接着他又想起了昨天的耻辱，便停止了思考。

肉烤熟了，太阳也快要落山了。这片牧场看上去并不安全，尤其这肉香极有可能招来远处的野兽。他不想在这里停留太久。

他狼吞虎咽地吃了两块肉，喝了口水，接着把剩下两块还没烤熟的肉塞进包袱，又装了些枯枝干柴，免得一旦下雨打湿地面就找不到干柴生火了。

他往火堆上撒尿，柴火块发出滋滋炸裂声。快尿完的时候，火终于完全熄灭了。他眉头紧蹙盯着耷拉的那活儿，正往外滴着尿液。

"侯密丹，开战吧！"
人群左右分开让出一条路，一个体型健壮的男人走了出来。宰班从小就非常熟悉侯密丹。侯密丹大步流星地过来了，像一头昂首挺胸的骆驼，大宽脸被太阳晒成棕红色，五官之间挤满了肥肉，头发梳成四根辫子，手上拿着一把长剑，右侧腰带的刀鞘中还插着一把匕首。宰班每瞟一眼这把剑，都被吓得倒吸一口凉气。他后退两步，迅速往自己身后扫了一眼，只见伊本·巴提勒的眼中喷着烈火。

他战战兢兢地看着侯密丹一步一步地靠近自己，就连脚步声都愈发强劲有力。虽然宰班表面上看起来还算镇定，但是他的两条腿像灌了铅一样一步也动弹不得。宰班觉得对面的侯密丹就像是从地底下冒出来的魔鬼，仿佛想要把自己撕成碎片然后一口吞掉。

突然间，他好像什么都听不见了，所有声音都戛然而止，只剩侯密丹的脚步声折磨着他的耳朵。这简直是他一生中听过最恐怖的声音。

他的脉搏骤然加速。

血！血！

血！血！

他依稀听到伊本·巴提勒远远的声音：

"别……不要……刚才……"

血，血，血，血……

血，血……

呼吸声从体内传出来萦绕在耳边，仿佛胸腔中还有另一个人正在急促地呼吸。侯密丹径直走到他面前。宰班从侯密丹描着眼线的眼中看到了面前这个男人要置自己于死地的决心，以及讨厌看到自己还活着的憎恶之意。宰班双腿战栗，手中的剑再一次掉在地上。

血血血血血……

他知道，决斗中剑掉了是一件非同小可的事，必定会在男人一生的名声中留下不可抹去的污点。

血血血血血……

他看到侯密丹讽刺的笑容，似乎对方绝不会让自己活过今天。旁边古萨卜家族的人们也纷纷开始幸灾乐祸地交头接耳，互相使着眼色。

他小心翼翼地捡起剑，舅舅的声音再次传来，比之前更加飘渺，而且还断断续续的：

"来吧……动起来……像个……或者……男人点。"

侯密丹开始进攻，宰班跳着躲闪起来。可是他只跑了几步就站住了，两个词反复回荡在脑海中：

"后退和闪躲……后退和闪躲……后退和闪躲。"

血血血血血血血血血血……

侯密丹又向他冲过来。宰班刚想像之前那样跳着躲开，就感到身体出现了异常情况。

他感觉脖子像被个东西拘着，瞬间身体失去平衡，背部被一块硬物击中了。他立即反应过来，那是侯密丹敏捷地跳到了他身后，扯住了他的辫子，把他摔倒在地，他手中的剑也飞了出去，现在完全没有抵抗的机会，只能等死了。

侯密丹一只手压住他的胸口，另一只手从刀鞘里拔出匕首，准备结束他的性命。

血血血血血血血血血血血血血血血血血血血……

宰班的双手抖个不停，脚后跟也慌乱地蹬着地面。看着匕首刀刃上闪烁着诡异的光芒，他心想："活着就像在天堂吧。"

加速下落的匕首似乎变得更加锋利了，宰班抓住侯密丹拿着匕首的手，拼命将它推开，远离自己的脖子。侯密丹索性把匕首往地上一插，对着他的鼻子猛击两拳，他顿时感到天旋地转。片刻后，他恢复了意识，突然发现自己双手都被钳制住了，左手被压在侯密丹的膝盖下，右手被对方牢牢抓住，而侯密丹的另一只手正拿着匕首迎面刺过来。

"求你了！"

宰班哭着喊道：

"求你了，侯密丹，看在我很可怜的份上！"

侯密丹朝他啐了一口唾沫，说道：

"我要把你的脑袋放在穆特艾布的墓前。"

这句话足以把宰班吓个半死。侯密丹在决斗前就扬言要亲手割下他的脑袋，当时语气中就带着熊熊燃烧的怒意。现在马上就要动手了。

宰班的精神几乎崩溃，所有一切都不受控制了。他感觉滚烫的恐惧从两腿之间突然喷涌而出——原来是膀胱失控了，灼热的尿液一股接一股迅速涌出。侯密丹赶忙躲闪开来，站在一旁看着宰班的衣服被浸湿一大片，尿液像溪水般流到地上。侯密丹又往后撤了两步，说道：

"你尿到自己身上了。"

侯密丹面色阴沉，就好像眼前突然发生的变故把整个事情都搞砸了：

"你一个男人，竟然尿到自己身上了？"

侯密丹朝着一起来的族人们喊道：

"这家伙吓尿了！"

一阵叽里咕噜的议论声纷纷传到了宰班耳边。

侯密丹两手一摊，转了一下手掌，好像在说："这让我怎么办？"

宰班蹬着地面慢慢往后挪了挪，衣服上沾满了尿液和泥土。

侯密丹转身回来，抓住他的肩膀，将他从地上拎了起来，朝着伊本·巴提勒那边大喊道：

"伊本·巴提勒！你外甥吓得尿到自己身上了，这事连畜生也做不出来啊，难道这是从你们部落的女人肚子里带出来的天赋吗？"

然后，侯密丹又转身朝向自己部落的族人们喊：

"伙计们，让我杀一个尿在自己身上的饭桶，实在太丢人了！"

说完，他单手拎起宰班朝他舅舅那边走去。

宰班一路上哭个不停，悬空的双腿一个劲儿地乱蹬。他偷偷看了一眼，发现伊本·巴提勒满脸肌肉扭曲，神情中竟然混杂着几分怨恨。

如果母亲看到他刚才的表现，大概也会气得当众揪着衣领扇他耳光吧，他暗暗地想。

侯密丹大声喊道：

"给，闻闻他身上的尿骚味儿。"

随后，侯密丹把宰班往地上一扔，又朝他啐了一口。压低声音对他说道：

"从现在起你就是个死人了，像行尸走肉一样活着吧，我不会杀了你，你不配为我兄弟穆特艾布偿命。让你屈辱地活着比一刀杀了你更解恨！你是你们整个家族的耻辱，狗崽子！"

他把匕首插回刀鞘里，转身捡起地上的剑，然后朝他的那队人马走过去。

血……血……

血……血……

血……血……

宰班穿上衣服，抬头看了看天空，又围上头巾，在脑后打了个结，然后把包袱背在肩头，继续赶路。先穿过这片牧场再说吧。

　　他徐徐穿行在绿草丛中。为了不踩踏到那一抹抹葱郁，他尽量挑草比较稀疏的地方走。百灵鸟像往常一样时而在绿草丛中蹦来蹦去，时而又飞回巢中吹起了口哨。他心想："百灵鸟的生活就是蹦蹦跳跳不停地唱歌，我从没见过它做其他的事。"

　　"真沉啊，"他把包袱换到另一侧肩膀，拖着疲惫的双腿走走停停，"只有驴才受得了吧。"

　　脚下的路蜿蜒起伏，牧场尽头有一处高坡。站在这里能够将高坡那边的沙漠一览无遗。他久久凝视着眼前的沙漠。雨后的沙漠就像老婆婆们慈祥的笑脸，斜坡与沟壑纵横交错，雨水顺着蜿蜒的沟壑向低处流淌，漫到远方。黄黄的沙地上零星点缀着一些绿草，这里潜藏着各种可能。沙漠漫无边际地伸展着它的广袤，看上去虽是不毛之地，实际蕴藏着丰厚的馈赠。然而，这些馈赠只是献给那些战胜困难的人，他突然感受到了这一点。眼前这片沙漠突然显得如此迷人，连随之而来的孤独感也有几分令人陶醉。试想，一个人在这广阔天地之间，陪伴他的只有他自己，或许人只有独处的时候，才能得到完全放松。

他拿出舅舅伊本·巴提勒给的那块黄金，仔细打量着，试图在那上面找到类似在姑娘们脖颈上看到过的闪闪光芒，却没能找到，黄金里面有种东西已经黯然失色，对他来说再无任何价值。他毫不吝惜地随手将它扔进草丛，然后从高坡往下走去。

宰班进入沙漠，脚下是松软的沙子。与刚才走在牧场的感觉不同。在这里踩下去的时候，他喜欢把脚后跟陷进沙里的感觉，让沙粒漫进脚趾缝。离太阳落山还有一点时间，宰班继续赶路，得尽量远离那片牧场。也许穿过这片宽阔的区域后，他没准能找到一棵高大的红荆树或者一个地洞，能在那里待到明早太阳升起再继续朝着内夫得前进。

宰班拿出水袋，灌了满满两口，水中带有淡淡泥土味的清凉令他顿时感觉舒畅。

当把水袋重新灌满了水，他突然感受到一种全新的、神清气爽的感觉，第一次觉得自己好像漂浮在风平浪静且纯净无瑕的水面上，似乎沙漠给他换上了一副新头脑，让他可以抛开之前时刻警惕着各种飞来横祸的思绪，也许是他把一切往事都随着那块黄金一并扔在了牧场尽头的高坡上。在他看来，沙漠是一个没有歧视的世界，他能够在其中开始自己想要的任何一种生活，而不必担心因为过去的一切而感到羞辱。

宰班决定就这样轻松地放下过去的一切，就像是放下了扛在肩头的包袱，连同里面所有的东西。他也要忘掉过去的自己。"现在我是一个全新的人了，"他告诉自己，满怀激情地迈向前方，"我不是从前的我了，是的，现在的我不再是过去的我，已经今非昔比，从现在起我不会再回到过去那样。"

宰班顿了顿，提高了音量："我是宰班，大英雄哈耶卜的儿子！"接着沉默了片刻，倾听着从全然寂静的沙漠深处传来响亮的回声，隐约感到这是沙漠在用无声却又真挚的方式表达对他的支持。这更加激发了他的激情，接着又说了一句："就算面对死亡，我宰班也不会害怕了。"他静静地再次聆听这一片静默，感觉好像有什么东西正从内心深处升腾起来，马上就要出现。他接着刚才的话茬儿喊道："我宰班……"喉咙开始咯咯作响，"跟人决斗时，是不……不……"他咽了一下口水，"不会尿在……"他深吸了一口气，声音颤抖着，"尿在自己身上的！"宰班哭了起来，继而变成呜咽。他用袖口抹了抹眼泪，觉得哭出来可以减轻内心的困苦，也可以缓解对自己的嫌弃厌恶。

自从昨天上午在侯密丹面前哭过之后，宰班就一直忍着没哭，把眼泪憋在心里。这并非因为像他们说的哭泣不属于男人，而是这表明他接受了自己的所作所为，也意味着他开始接纳自己，毕竟他所作所为不属于无法原谅的那种。他感受到的，比起懊悔，更多是痛苦。他甚至想通过自残来释放内心的压力，幻想自己的脖颈被牢牢扼住，直到负罪感烟消云散才放过自己，内心恢复平静。

现在，宰班觉得疲劳冲淡了一些负罪感。就在今天上午他还陷在强烈的自责之中，觉得任何人无论如何都干不出他那样出丑的事……甚至相信宁可死掉，对自己来说都是更好的选择……因为死亡并不可耻。

宰班边走边想："可是，如果我死了会怎么样呢？死亡意味着失去灵魂，而灵魂是我拥有的全部了。我一无所有地活了这么多年，就靠放羊赚取一点微薄的报酬勉强度日，毫无积蓄。父亲也没给我留下点什么，只有他的名字还重重地压在我身上。灵魂真的就是我拥有的一切了。"

宰班用袖口揩了揩鼻子，自言自语道："如果我的事让堂兄弟们知道了会怎么样，他们会怎么做？他们迟早都会知道的。不过，他们真该死，之前怎么没人关心过我呢？"

想到这里，他又委屈地呜咽了几下，然后抹了抹眼泪，开始设想科威特的情形："我什么活都可以干，也许还会结婚，有什么不可能呢，没准儿还能治好我的睾丸。"

他摸了摸睾丸，想起了这俩家伙萎靡不振的原因——它

64

们被重创过三次，他因此丧失了产生性欲的能力。第一次重创在他小时候，当时围观公羊和母羊交配。在好事者的怂恿下，他往前靠近了几步，想把过程看得更清楚些。就在凑得比较近的时候，刺激到了本来就在癫狂状态的公羊，于是它扔下母羊，朝他撞了过来，犄角正好顶在他的睾丸上。宰班被撞得腾空飞起，随后摔在地上大哭起来。第二次重创的肇事者是一头驴。宰班想骑上去，它却踢了他一脚，驴蹄正中上回被羊角顶过的地方，他疼得蜷缩着躺了一整天，那时才十二岁。第三次则发生在他的青春期，嘴唇周围刚刚被小胡须覆上的时候，他抱着拉巴卜从一头骆驼背上摔了下来，那个被羊角顶过又被驴蹄踢过的要害部位，又一次被绑着琴弦的弦柱捅到了。从那天起，每当他那活儿硬起来，就会感到睾丸处一阵剧痛袭来，然后那活儿便蔫了下去。从那天起，他就对骑乘任何家畜都深恶痛绝起来。

他美滋滋地驰骋在幻想之中：没准儿将来他会拥有一间土坯房，老婆在里面做着饭，孩子们在旁边嬉戏打闹。想到会有孩子承欢膝下，他不禁发出了深深感叹。

他感到畅想未来是如此美妙，并不像他过去以为的那样会招来各种麻烦，反而将自己的灵魂从重重包围的绝望与担忧中解救了出来。

他又停了下来，取出水袋喝了口水，自言自语道："吃了烤肉容易口渴。"接着便继续赶路了。

或许，这是宰班第一次感受到真正的孤独，孤独到了如此纯粹的地步，没有任何生命来打搅他这份纯粹的孤独，目光所之处唯有纯净的天空和闪耀的沙子。这一刻的纯净与闪耀将他和过去的一切隔离开来，每迈出一步，他都能感觉到心脏跳动得愈发舒适轻松，终于摆脱了压在胸口那堆沉甸甸的屈辱。此时，他感觉自己从人们给生活规定的繁文缛节中彻底解脱了，这些条条框框总是与他格格不入。如果他一个人在这里度过余生会怎么样？假如自己能掌握沙漠中的求生技巧，那么沙漠也未尝不是一个安全的栖身之处。没准儿这里的某种猛兽还能保护他免受其他猛兽伤害，没准儿这里的某种有毒植物正是另一些有毒植物的解药。在宰班看来，与人隔绝才能获得彻底的放松，永远摆脱那些曾搅乱他生活的纷纷扰扰。比起沙漠中暗藏的各种凶险不测，人才是他更应该提防的。宰班的胸口涤荡着纯净的空气，似乎沙漠在用这种极致的纯净逗弄着他，在通过这种特殊的方式安慰着他。此刻的宰班独自一人，陪伴他的只有全新的自己。他可以畅所欲言，为所欲为，不管过去的那个宰班做过什么，都不会再让他感到一丝羞耻，他已经准备好直面今后的任何挑战。

* * *

　　他一边跋涉，一边在心里盘算着接下来生活的大致规划，就这样跋涉了很长一段路，他感到自己身上正发生着变化。

直觉告诉他，这时自己并非孤身一人……另外还有一人与他同在，一直尾随着……只是躲躲藏藏没让他发现而已……

他往身后看了一眼，背后的景象与前面一般无二，除了方向不同，其他没有任何变化。无论是牧场，还是舅舅们的部落，包括过去的那个自己，都已经渐行渐远了。他不想让那种被人跟踪的感觉破坏此刻正在享受的自我蜕变后的喜悦。

他朝着既定方向继续前行，放眼望去，盆地峡谷绵延起伏，远方越来越开阔，就像爱人的胸膛。宰班突然想起了自己的拉巴卜，此刻他是多么渴望听到它的旋律啊！那种旋律就像是母骆驼丢失骆驼仔后发出的悲鸣，嘉丽娅也曾这样形容过。他突然发疯般地想念嘉丽娅，也想起在他表白后两人再次见面的情形，一切都如此清晰地历历在目，让他暗自诧异。他一边继续前行，一边回想着和她在一起的那段记忆。当时他俩走到池塘边，坐在红荆树荫下，她问道：

"你说你爱我，有什么证据？"

"除了语言，没有什么能证明爱情。"

"这说明你在骗我。"

"不，我没骗你。"

她朝他扔去一颗小石子：

"那我怎么确定你是真心爱我？"

他从怀里捡起那颗石子：

"我没什么证据，唯一有的不过是'我爱你'这句话罢了。

如果你相信,那么它就是真的;如果你不信,那我也没有别的证据了。"

她缄默不语,手指在地上写写画画。宰班忍不住打破了沉默:

"如果爱情真有什么证据,那么人们干嘛还作诗呢。语言是无法替代的。"

"没准儿……你在见到我之前就开始用诗歌跟别人调情了。我还很小的时候,就听说你经常在池塘和水井边上给姑娘们弹琴念诗。"

"我只是喜欢跟女人们聊聊天而已。我没骗你,因为跟她们说话不像跟男人说话那么费脑子。我跟你说过了,在见到你之前,甚至在见到池塘之前,我就已经爱上了你。"

她笑了:

"你这说的是什么疯话啊?"

"这不是疯话,我给你解释一下。"

他调整了坐姿:

"你平时有什么想要的东西吗?比如金戒指或者宝石项链之类的,或者……"

"我想要一匹会飞的马。"

她打断了他的话。

"那好,我们假设你是个诗人,这匹马对你而言意义深重,所以你会用诗来表达你渴望拥有它。你在诗里惟妙惟肖地描述着它的模样，听到这首诗的人都毫不怀疑它是真实存在的。没过多久，一匹更漂亮的马出现在你面前，比那匹会飞的马以及你在诗里描述的马更出色，那时候你就会说，这就是你从前喜欢的马。'从前'这个词，你不能界定它到底从什么时候算起，是一眨眼之前，还是很多很多年之前，你没办法搞清楚。每当你思考'从什么时候算起'，你就会变得越发困惑迷茫。如果你渴望的不是一匹会飞的马，而是一个人，困惑迷茫更要变本加厉。就像我，伸长脖子想要寻找美人，真的就遇到了你。你比我曾经幻想的美人更加美丽，也比那匹会飞的马更加出色，现在你明白了吗？"

她又朝他扔了颗石子：

"我还是没明白，不过我感觉你是真心的。你可真是个诗人啊，我觉得你……"

被跟踪的感觉再度袭来，这让宰班突然之间从美好记忆的云端跌落到现实的地面。内心纯净的感觉一下子荡然无存，被担忧取而代之。他不知道这种被尾随的感觉到底从何而来，又是由什么引起的，不过他确信，自己被跟踪了，分明有一双眼睛在盯着他。他四处搜寻，没有发现任何异常……除了自己，没有看见其他人。他回过身来，满腹狐疑地左顾右盼，心里琢磨着也许是古萨卜家族的哪个小伙子埋伏起来想要伺机干掉他。他抬头看了看，太阳早已落山，只剩晚霞给西边的天空镀上一抹色彩。他心想："该找个地方歇歇了。"

他加快了脚步赶路，突然又停了下来，分明感觉有什么东西也跟着他加快了脚步。他扭头往后面一看……

"真主啊！"宰班慌忙地祈祷着，全身都起了鸡皮疙瘩，他看见那东西尖尖的小脑袋从两块岩石间探了出来，正贼头贼脑地往这边看。"狼！"他不禁脱口而出，感到寂静的沙漠顷刻间发出雷鸣般的大笑，那笑声仿佛是在洋洋得意地嘲笑即便像他这样时刻保持警觉的人终于落进了别人设好的圈套。宰班冷静地意识到，死神要跟他玩一局逃生游戏，最后再来索取他的性命。他心想："现在怎么办？"放眼望向那暮色沉沉的四野，然后告诉自己："快逃！"

他加快了脚步，剧烈的心跳像鸟儿般扑腾着，仿佛就要从嗓子眼里飞出来了。沙漠瞬间向他展现出它丑陋的一面：大片荒芜被死寂笼罩，一切面临着顷刻毁灭。他往后看了一下，发现狼正在低头快跑，似乎要跟他耍什么诡计。

"宰班，等死吧。"
他觉得自己马上又要被吓尿了。

第二章

在沙漠中面对一头饿狼，没有比这更危险的了，宰班很清楚这一点。最终的结果不是狼死就是他亡。等到饥饿如病症一样发作起来死死地噬咬着那头狼的五脏六腑，如果除了他，它不找别的食物充饥的话，就必定会想方设法咬死并吃掉他。除了鲜肉，没有药能治疗狼的饥饿，而现在他就是它面前的鲜肉。

他放眼望去，四周是漫无边际的沙漠，地平线延伸至远方。他在前面每迈一步，狼在后面就紧追一步。

他开始迈开大步向前走。现在首要的问题不是穿过沙漠走到内夫得，而是逃脱狼的追踪，是活命！得在这茫茫沙漠中换一个前行的方向，就算迷失方向也无所谓。

他清楚地知道这个时候千万不能跑。因为跑动会刺激到那头狼，让它觉得到嘴的猎物要逃了，反而会提前向他发起进攻。

"它很老练……在捕食方面肯定经验丰富。"他心想，"该死的，它居然这么从容镇定，一定知道附近没有民居，也知道太阳快要落山了，而我可以落脚的地方还很远。它在等天黑。等到天黑，我什么都看不见，就只剩下惊慌无助了。"他喘着气，喃喃道："真主啊！"

他一边加快脚步，一边思考着有什么方法能救自己的命。他没有剑也没有匕首，但是……"弹弓！弹弓还在，没准儿能派上用场，一定能！"

他扭头朝后看了一眼，发现那头狼仍然保持着先前的距离——不近不远。说近，它好像时刻准备离开；说远，它又仿佛正在伺机扑上来。

狼似乎无意再躲藏。他突然站住，想搞清楚它到底为什么尾随自己。他用内心深处的善良安慰自己："也许狼并不是在窥视着我。"而狼也远远地站住，脑袋转向右边，似乎看着地平线的另一端。片刻之后，它的目光又转回他，原地转了一圈，随后蹲坐在地上。他明白这个动作。"臭东西！"他低声骂道，心里着实感到阵阵恐惧。只要天一黑，那头狼就会发起进攻。他现在应该有所行动，否则就会变成这该死畜生的晚餐。"我要诅咒它一万遍。"他喃喃道，又继续逃跑。突然，他想起小时候从一个老婆婆那里听到的传说：狼的祖先是牧羊犬。有一次牧羊犬饥饿难忍，就从主人的羊群中抓了一只羊充饥。它先吃掉羊的脖子和前蹄，一周后饥饿再度来袭，它又吃掉另外一只羊的一部分肉。就这样偷吃了一个月，每周吃掉一只羊的一部分。直到一个周五的晚上，牧人终于发现了这只牧羊犬的所作所为，便诅咒它永远吃不饱，并祈求真主让它和它的子孙后代都死于饥饿。真主答应了。于是，这条牧羊犬繁衍出遍布沙漠的狼群，它们因世世代代被牧人驱赶而备受饥饿的折磨。

"狗崽子，你休想吃掉我，"他一边竭力平复疯狂跳动的心脏，一边想，"只要我活着，你休想得逞。"

宰班想起包袱里还有两块兔肉，便拿来扔了出去，然后继续逃跑。

他感到自己已经摆脱了对于往事的屈辱感，转而陷入到对狼的恐惧中。这种恐惧让曾经束缚他灵魂的巨大压力不复存在，就连侯密丹对他的侮辱也化成灰烬随风飘逝了。

他盘算着："现在我该去哪里呢？"

他又回头看了看，发现狼把那两块兔肉丢在身后，并不理会，于是不禁倒吸一口冷气，低声说道："狗崽子想吃我的肉。"

脚下的大地在他眼前不断延展，周围风景都太相似，似乎重复着同一个场景，人虽然可以感到时间的流逝，空间却像是凝固了一样。他仿佛看到远处地上有个深不见底的洞穴，洞口周围密密麻麻长满了莎草、野菊花和梭梭树。他彻底迷路了……

晚霞已经消散得无影无踪，只留下夜晚的深蓝笼罩着天空。

他想，这样盲目地走下去也不是办法，应该确定一个方向，好赶紧走出这个鬼地方。他飞快地环视了一下四周，希望能发现什么标志性物体，然而即便努力瞪大眼，仍然一无所获。

到了平地的尽头，前面的路开始变得崎岖不平，愈发举步难行。他现在得放慢速度注意落脚的位置，以免踩到交缠的草木跌倒，或者被灌木的枝干绊倒，那样就会被狼轻易地扑倒吃掉。他小心翼翼地在植物间前行，还要不时地朝后面扫一眼，以防跟在后面的狼突然发起进攻，将他置于死地。一时间恐惧的阴霾占据了他的内心。

宰班以前从没来过这个地方，不知道前面会发生什么，又有什么在等着他，他所知道的都是从曾经到过这里寻找牧草和水源的人的嘴里听来，都是些零零碎碎的描述。

"让摩羯星座始终在你的左眉上方，一直往前走，就能到索曼。""当土地的颜色开始从黑变黄，地上的石子也变得细碎的时候，你就已经身处索曼了。"这样看来，这里便是索曼了——因为这里有着与传言类似的坚硬土地。这里也许专属于某个部落。如果是那样的话，这里的牧场、水井和居所都是属于这个部落的，这些是都不允许外人碰的。幸好，他们允许行人经过。宰班希望在这里遇到一个能救他的人，帮他摆脱掉这只想要吃掉他的畜生，但是眼前空空荡荡的，只有让人迷失的茫茫旷野。

"真主啊……真主！"他抬头望向天空祈祷着。

"哎！"他叹了口气，又立刻低下头看着脚下的路。

稍微走神的这一秒钟就差点让他摔倒，还好稳住了。随即他的脚步逐渐加快，几乎开始小跑起来。不过他的步子很细碎，生怕被绊倒或者刺激到身后的饿狼。

必须找个藏身处，要一个能让他逃离狼口的地方，哪怕是一棵高大的树也行。他祈祷着："真主啊，只要一棵树就够了。"这样他就能爬得高高的，远离这只畜生的利齿。他曾听说过这里有很多红荆树的。"树都躲到哪里去了？"目光所及之处仍然空无一物，也许是牧人把这里的树都连根拔起或者放火烧了，也没准儿树林在一个离这里很远的地方。时间飞速流逝，甚至超过了他思考的速度，不管他怎么努力，都追不上夜幕降临的速度。

尽管这里的地面看上去平坦，实际却是高低不平，再加上各种植物盘根错节，更是令人举步维艰。他在走路的同时还要左右腾挪，这里跳一跳，那里冲一冲，各种姿势下来他很快便精疲力竭了。然而更让他疲惫的是，由于只顾低头赶路，不知道从什么时候开始他迷路了。

茂密的莎草丛像驼峰般堵在面前，他不得不更加提高警惕，谨防被绊倒。他跳过一片梭梭树，这玩意儿几乎把前方所有地面都稀稀疏疏地覆盖起来，像极了老人的头发。他在跃过荆棘丛时，双脚还被弹回来的荆棘枝给划伤了。这些他都顾不上，努力把腿抬得跟肚脐一样高，一刻不停地继续往前走。

他累得气喘吁吁，觉得自己必须停下来休息一下，喘气声越来越重，呻吟般说道："真主啊，请给我一个藏身之地吧！"

天空抹去了蓝色，变得暗沉，所有的光亮都渐渐熄灭了，随后夜晚的漆黑彻底笼罩着这个世界。他仿佛感到，现在的天空似乎正在经受着新的一天到来前的阵痛，沮丧地喃喃说道："那该死的畜生，在黑夜中看得比白天更清楚，它能闻出恐惧的味道。现在无处可藏，地面还这么崎岖，我死定了！"他又想了想，似乎还有机会。他从包袱里掏出弹弓，绷紧两头做好射击准备，虽然机会渺茫，但值得一试，如果能击中狼的脑袋，就那么致命一击，这该死的畜生就永远感受不到饥饿了。"致命一击。"他喃喃着，转身寻找狼的踪迹，发现它还在戏弄着自己，就和刚才一样在远处假装左顾右看。

夜晚降临之后，情况会变得更加危险，一切都将消失在漆黑之中，随处都是致命陷阱，他觉得自己现在应该放松些，眼下已然不可能逃走了。天空正逐渐暗下去，变成虚无的黑色。万物与黑暗融合在一起，使人产生各种幻想。黑暗之中，他进入了一个充满未知的世界。

他觉得要是再不停下来喘喘气很快就会累死了："放松……放松就行。"

他停住脚步，转过头去看了看狼，发现它也停了下来，蹲坐在地上，离他远远的，一会儿又站起来，喉咙里发出了像蛇发怒时的嘶嘶声。他取出水袋，呷了一口的同时提醒着自己："疲惫的时候喝太多水对心脏不好。"他喘着粗气把水袋放回去，手在包袱里摸索一通，取出一块干酪，放进嘴里大嚼起来，然后就着那酸酸的味道迅速咽了下去，他得尽快恢复体力。内心的紧张都快把他的肺顶出喉咙了，血管里的血液似乎也快凝固了，现在他该怎么办？突然他想起了什么，走到前面一株野菊花旁边，茂密的枝叶上面点缀着不少黄色的小花。他掐了一根带着绿叶的茎秆放到嘴里嚼着，听说男人们在危难关头嚼点这种植物可以振作精神。酸酸的汁液涌了出来，又酸又粘。他咽了下去，吐出茎叶的渣，又掐了一根重复着刚才的动作，接着又摘了一根，这回上面的叶子比前两根更多。

他不知道对面那头狼正在做什么呢，直到现在他也没摸清它的实力，虽然听过很多有关狼群凶残狡猾的传说，但也同样听过勇士们赤手空拳激战狼群，最后大获全胜的事迹。没准儿他也能打败狼呢。"为什么不能？"或者他想想办法尽量拖延时间。如果能看见日出，这本身就意味着他有活下来的可能性了，但是他内心并没有准备好面对一头狼，而且是在这茫茫沙漠中的一头饿狼。

他拖着疲惫的步伐继续往前走去。

沮丧之中，他仿佛迷失了方向，而绝望的情绪也开始肆意蔓延。

"狼！"他注意到自己逐渐陷入低迷的情绪中，便大声说道，然后扭头向它走去。他们逐渐靠近，直到只剩之前一半的距离。

越来越近了，黑暗笼罩着四周，剩下的时间不多了。他加快脚步，发现地上有颗尖锐的石子，便俯身捡了起来，继续快步走着。他从低处爬到一处较高的地方，尽管头巾掉了下来也不管了，还是继续前行。

他寻找着狼的位置，想看看他俩是不是离得更近了。它那双黄色的眼睛是如此清晰，视线始终锁定在他身上。"它现在准备吃掉我了。"他暗想。

他调转方向顺着地势一路快步冲下去，看到另一颗石子便又迅速拾起来。他吓得全身簌簌发抖，一边勉强控制住自己不要被绊倒，一边在茂密的植被丛中一蹦一跳地逃着，回头往后一看，狼正露着獠牙，轻巧敏捷地跟着他。"宰班，你死定了！"他大喊一声，掏出弹弓，把一颗石子放在布片上面。蜿蜒崎岖的地面让他无法狂奔，只得加快了脚步。他的头脑陷入一种疯狂的状态，混杂着恐惧、绝望和对自己的惋惜，回忆的画面中突然闪现出母亲忧郁的面容。

他听见狼的喘气声越来越近，定睛一看，眼前的情形吓得他魂飞魄散，估计他俩相距顶多十步而已。他全身颤抖，发出一声奇怪的喊声，那是一声完全出自本能的大喊，死亡的各种形式与细节把脑子搅得乱成一团，全身充满了恐惧。他拼命左右躲闪着梭梭树的枝丫和高耸的莎草，但是愈发茂密的植物还是会挂住衣角。对于他而言，他俩就像被封闭在一个移动的空间里，逃跑是毫无意义的挣扎，在这里必定有一场你死我活的肉搏。

茂密而高耸的莎草、骆驼蓬和麻黄将他包围起来，高度已经到达胸口了，他无法再一跃而过，就像误入了一个无法活着走出去的迷宫之中。

狼的脚步声靠近了。他知道它发起进攻的时刻到来了，于是停住脚步，转身面对它。他俩中间被高耸的莎草隔开，他动作敏捷地挥起弹弓，为了活命最后一搏。他把弹弓绕了两圈，然后一松手，石子在空中嗖嗖飞过，落在地上，没打中狼，只是把地面砸出个小坑。狼停住了，后退两步，然后一动不动，全身紧绷。他察觉到，狼已经感到了威胁，所以改变了进攻策略，从突袭猛攻变成了小心防守。

现在的距离还不到五步，如果狼想进攻的话，跳过莎草就能抓住他。

他看见狼这副可怕的架势不禁发抖，想起了昨天站在侯密丹面前的感觉。然而此刻的感觉又有些不同，他觉得自己像是在一堆熊熊烈火前被灼烤着一般。"这头狼比侯密丹还厉害。"他心想，"它更强大，也更凶猛。"他咽了一下口水，心里暗暗祈祷着："真主啊。"狼的脸清晰出现在眼前，那白色的獠牙锋利而有光泽。他意识到它是真实存在的，而非幻觉。在此之前，他总有些怀疑，心存侥幸地认为整个世界都是幻觉，幻觉才是唯一真实的存在。

宰班猜想："也许是石子弹到地上发挥了震慑作用，让它重新考虑袭击计划了。"

他的双手不由自主地颤抖着，差点没能把第二颗石子安在弹弓上。狼绕开莎草向前移动了几步，他随之后退了几步，这样他们之间的距离并没有太大变化。此刻，他眼前出现一个不可多得的机会，狼所处的位置让他可以进行有力一击。他估摸着只要石子击中，它就会当场毙命，永远不会再饥肠辘辘了。他双腿发抖，保持站立都成了一件艰难而费劲的事情。狼发出一声咆哮，像是磨刀的声音，他仿佛从中听见了自己血肉撕裂、骨骼破碎的声音。他故意夸张地左右挥动弹弓，狼见状后退了两步，似乎对他也有所忌惮。

那一瞬间，他内心被一种奇特的感觉所包围。这是一种绝非理性的感觉，恐惧与骄傲混杂在一起并此起彼伏：恐惧来源于对面的劲敌，而骄傲则因为这个劲敌竟对他有所畏惧。简单说来，从把狼逼得后退几步这件事中，他第一次觉得自己不是一个懦弱的人。

他加快了挥舞弹弓的速度，狼又往后退了三步或是五步，他并没有看得很清楚，不过这使得他们之间的距离拉开了不少。他脑子里突然冒出个念头：狼不知道弹弓到底是什么武器，如果我不能给它来个致命一击，它就知道弹弓的威力不过如此，它会肆无忌惮地向我发起攻势。我之所以现在还活着，全靠挥舞弹弓虚张声势，并且没有草率地主动向狼发动进攻。

宰班缓缓后退了几步，手中持续挥舞着弹弓。颤抖几乎要让他全身散架，必须竭尽全力紧绷着四肢才能保持双腿直立的姿势。这时，心里似乎有种东西轰然倒塌，把他带到崩溃边缘，一个声音在心里低声说道："别怕，你最后会从这个梦里醒来的。"

天空被一片深蓝笼罩，其中混杂着夜的漆黑。宰班手里仍旧挥舞着弹弓，脑子里却思绪万千："这就是黑暗，这种对峙也许会持续一整夜，要么狼不再害怕我这样挥舞弹弓，发起进攻；要么它耐心耗尽，放下戒备，然后就像老婆婆们讲的故事里那样，因为无法忍受饥饿而用命一搏。真主啊，别抛弃我。"他一边后退一边祈祷着。在他眼里，狼变成了一团后退的黑影。

他和狼各自向后退了几步，然后都停下了脚步。夜晚仍在继续弥漫。他心想："它要发起进攻了吗？"突然一阵深深的悲伤袭来，他清楚自己并没有实力跟一头狼正面对决，而且还是一头世界万物都站在它那一边的饿狼。他哆哆嗦嗦地说道：

"我是个孤儿，是个可怜人啊。"他眼眶里翻滚着泪珠，"全世界都跟我作对。"两滴眼泪顺着脸颊滑落下来："就连我自己，也在跟自己作对。"

"梦已经结束了。"他疯狂大吼，以至狼也瞬间绷紧了全身肌肉。然后他低下声来，继续哭着哀求道："去找别人吧。"继而又大吼："放过我！"他吸了吸鼻子，又低声乞求："以我父母的脑袋发誓，我的肉真的是苦的。"

狼稍稍转了个身，侧面对着他。他猜它会马上回身向他扑过来。据他估量，他们之间的距离不超过十步，不适合发出"致命一击"；同时，面对一个没有同情心的动物哀求哭泣是毫无作用的。他心想：这次就算我尿在自己衣服上，它也不会说什么"我不会吃一个尿在自己身上的人"。他突然意识到了一件之前从未注意的事情：他在侯密丹眼皮子底下尿到自己身上，那并不是出于恐惧，而是一种逃脱的努力。尿正是他拥有的，可以帮他幸免于难的最后一件武器。

他猛地快速转动弹弓，把石子弹了出去。石子落在了狼前腿附近的地面上，把它吓到了。狼敏捷地跳起来换了个位置，然后凑过去看看石子落下的地方。狼抬头看了看他，又看看石子，用爪子拨一拨，再闻一闻。他知道，狼在掂量这件武器究竟可以产生多大的杀伤力。然而现在已经没有石子了，弹弓不过是一条绳子而已。

在狼凝视的目光下，他佯装从地上捡起一颗石子，放在弹弓上，又高高挥舞起来。

漆黑的夜色笼罩着这个地方，狼长时间保持着一动不动的姿势，就像一个没有生命的物体。他一步一步往后退，弹弓空荡荡地转动着，狼就一步步紧跟上前，从喉咙里挤出了低沉却威风的咆哮声。他心想：它已经不耐烦了，不会再忌惮弹弓了。我真不幸啊，这该死的狼！他目不转睛地盯着狼，脚被一棵高大的莎草绊了一下，差点摔倒。那头狼突然快步向前，想要抓住这个机会发起进攻，好在他竭力稳住身体并以更快的速度挥舞着弹弓，就像马上要射出石子一般。狼停了下来，似乎在躲避危险。就这样，他避开了那颗莎草，继续往后退。他觉得自己全身紧张发抖到无法控制，随时都可能摔倒，这一刻简直是他生命中最惊险的体验。"活着"这个词对他而言，其意义无异于老婆婆们故事里的"天堂"。

这时，风刮得像沙尘暴一样，他的衣角上下扑腾得越来越厉害。沙子漫向他的双眼。他不停地眨眼，同时转动着弹弓，一步步往后退着。狼就在他的前方，饥肠辘辘，一动不动。

黑暗笼罩在他的周围，像一群黑色的蝎子挡在眼前，似乎想要刺破他的胸膛，把他的血肉献给那头饿狼。他朝四周看看，夜晚第一次变得如此卑鄙丑陋，跟过去他听过的某首诗歌里描绘的景象截然不同：

夜晚啊，属于思念与爱情，

去告诉哭泣的人吧，夜晚就快降临了。

他的直觉告诉自己，这些天的经历都是梦，是幻觉，是老婆婆们给他讲的故事。他往上看，天空是一片漆黑；低头望，大地变成了黑夜的一部分。突然间他惊觉："这是什么？"在黑乎乎的地面上有块更加漆黑的东西。起初，他以为那是一簇野菊花，便一边把弹弓高举过头顶一边后退。靠近一看，眼前的景象惊得他眼珠都快掉出来了，那是一个洞穴——一个深陷在莎草丛中的洞穴，就像是一头巨型骆驼留下的脚印。他再次看了看眼前那头纹丝不动的狼，然后又打量了一下洞穴，这没准儿是狐狸、胡狼或者蜜獾的窝，估摸着里面应该能容纳下自己干瘦的躯体。不管洞穴里会潜伏着什么动物，都不可能比面前这头将要把他撕碎的饿狼更加凶险了。他把包袱扔在洞口前，看到狼正要冲过来，便猛地把弹弓朝它扔了过去，然后跳进洞里。

他发现这是一个倾斜的洞穴，由于莎草长长的茎秆固住了周围的沙土，所以渐渐在周围堆积起了结实的沙丘。他向洞里探身滑下去，一下子就到了洞底。洞内的形状和人的口腔差不多。双脚触到洞内潮湿的地面，他发现洞里空荡荡的，如果将身体蜷缩起来，差不多完全容纳下他，那姿势就像胎儿缩在子宫里一样。他伸出右手到洞口外去抓包袱，可刚一摸到包袱就感觉头上的地面有动静。他迅速把包袱扯到洞口，狼的爪子就跟着伸进洞里了。

他吓得惊叫一声，这让饿狼更加躁动不安。它两只爪子往洞里四处薅着，想找个能抓住的地方，他只能用左手挡着狼的利爪。洞内黑漆漆的，他像盲人一样看不到任何光亮。他又叫了起来，叫声断断续续。这时狼发出一声骇人的咆哮，爪子抓住他的右臂，手肘往上的位置都被它牢牢牵制住了。

他充满恐惧，叫声也变得更加痛苦，同时充满哀求。他越是想把右臂从狼爪里挣脱出来，那利爪就越陷越深，直至狼爪在手肘至肩膀留下四条深深的血痕。

现在，包袱死死卡在洞口，正好挡在他和狼之间。洞口变得更小了，狼钻不进去，就把前额压在包袱上，尖尖的嘴还竭力想探进来。他左手哆哆嗦嗦地在洞内四处摸索，想要找到点什么防止自己再次被狼爪所伤的东西。在与狼的纠缠中，潮湿的沙土漫进了他的嘴巴和眼睛里面。他愈发感觉命垂一线，有什么东西正一点点陷进来。他的颈部肌肉绷紧，全身都依靠双腿支撑，感觉自己的一切既可怜又痛苦。他想，这就是死亡的征兆吧。

右臂四道狼爪留下的伤口开始剧烈地疼痛起来。他从未感受过这样的剧痛，不禁发出了可怕的呻吟，还夹杂着鼻腔里传出的各种声音。他乞求道："放过我吧，哎，放过我……你这狗娘养的，快放了我吧……"

他感觉手臂上有黏稠而温热的血在流淌，狼爪已经攀上他的肩膀并死死抓着不放。洞穴里满是自己的喘息和狼的喘息。他大口喘着粗气，想要获得更多的空气。这个潮湿狭小的洞穴令人窒息，这只凶残的饿狼让他崩溃不已。

狼时而拉扯着他，时而松开，让他的身体痛苦不堪。回忆突然在脑海中爆发，这让他更加焦躁起来。他曾经听老婆婆们说过：人临死之前会回忆自己的一生。于是，他把这些回忆全部甩开，所有感觉都集中在疼痛之上，伴随着背后喷涌的灼热，这是一种从未感受过的奇怪的灼热。他想，既然自己现在就要死了，那么就该搏一把，哪怕只是试一下。

　　想到这里，他做出了一个怪异的举动，甚至不敢相信自己竟然真的那样做了：他抓住狼的另一只前爪，不假思索，一口咬了上去，像是咬住了自己快要丢掉的性命一般，死活不松口。

　　这不是一般的咬，而是像猛兽扑咬猎物一样，他打算撕碎那只爪子，头使劲儿拽着它往后拉，同时不停地左右摇摆，似乎是真的要连肉带骨头咬下来一块，这可能是唯一可以缓解他疼痛的方法。狼那边也没有放弃猛烈攻势，只是它的咆哮声小了一些，他听出来它也感觉到了疼痛。

　　他咬着狼爪向后拽着，后脑勺贴在洞穴内壁不断摩擦着，手扭住狼的前腿用力撕扯着。他听到外面的风声，还有狼的后腿刨沙子的声音——它用力刨地，扬起沙土，甚至两条后腿都陷入自己刨出的沙坑里。
　　持续的疼痛使双方都放缓了攻势，开始消停了下来。

一人一狼都暂时停下来。狼基本上保持安静，除了偶尔咆哮几声。他猜它也体力耗尽需要休整片刻。

然而，臂膀上的剧烈疼痛仍然不断加剧，他感觉右侧手臂像从肩膀那里被割了下来一样完全失去知觉，甚至都没有办法动一动手指。血流淌个不停，好像就算他死了也不会停止一样。

过了一会儿，狼不再咆哮了。它喘着粗气，其中夹杂着一种含糊的声音，他不知道这声音代表什么意思。

他听见风声越来越猛。

洞里空气愈发潮湿闷热，像胶水一样粘住他的皮肤，呼吸也越来越困难。他能感受到的清新，只是从包袱和洞口之间狭窄缝隙吹进来的一丁点微风而已。而狼嘴里还不断呼出令人作呕的、滚烫的气息，他感觉胸口快要炸开了，呼吸变得异常困难："憋死了。"

锋利的狼爪深深扎进他肩膀的肉中，一点没放松，而他的牙齿也紧咬着狼爪不放。那毛茸茸的爪子让他恶心不已，有一股奇特的味道，混合着甘甜、酸楚与苦涩。他心想：这就是狼的味道吧。

洞外狂风呼啸，席卷而来的沙尘暴肆虐着大地。他还从没经历过这种场面。

　　沙尘在他脸上簌簌直下，眼里也漫进不少，铺天盖地的沙尘让他感觉沙漠似乎想和他一起钻进洞里，再把他抛出去献给饿狼。

　　狼的嘴还卡在他头顶上，狼的呼吸像火焰般灼热。他知道它熊熊燃烧的饥饿和尚未冷却的偏执是不会轻易放弃的。

　　黑暗在洞中蔓延，整个空间越来越黑。他越来越确信自己处在三重黑暗之中，就像一个老婆婆的故事里讲过的，有个幸存者亲口说某天晚上被鲸鱼吞下，陷入了夜晚的黑暗、大海的黑暗和鲸鱼肚里的黑暗之中。此时的他，不也正处在夜晚的黑暗、沙尘暴的黑暗和洞穴的黑暗之中吗？

　　他感觉自己正在做着梦，会像以往每次在梦到达恐怖的顶点时突然醒过来，发现自己大汗淋漓，弄湿了被褥。现在他就快醒过来了！他心里拼命大喊："宰班，醒醒，快醒醒！"随后，他又一转念："或许现在都还没到达恐怖的顶点吧。"

　　他上下颚开始发疼，感觉嘴里含满了狼的血，口水中混杂着沙土的味道，还有甘甜、酸楚与苦涩交杂的狼的味道。他不能咽下去，也不想咽下去。否则就算他逃脱一死，没准儿也会染上"狼病"——永远被饥饿折磨，永不饱腹，直到被活活饿死。他任凭口水从嘴角流出来，流过喉结，滴落在胸前的衣服上。

死亡从四面八方逼过来，他觉得死亡的可能性越来越大了，心里想："穆特艾布的鲜血也在追杀我。"他叹口气，又一股混着鲜血的唾液流下来。

* * *

"过了多久了？"他心想。

狼依然没有改变姿势。它四分之一的身体从洞口伸进来，剩下的部分趴在外面，爪子深深地嵌在他肩膀的肉里。

此时，双方保持着僵持状态。他感觉自己的灵魂似乎已经脱离了肉身，并且越走越远。对他而言，虽然这一刻和准备一壶咖啡的时间差不多，但是原本如此短暂的片刻，让他感觉是极为漫长的，比实际时间要漫长很多。

"这样下去还能耗多久？"他心想，感觉脖子和嘴上的肌肉都僵硬得要不受控制了，估计可能很快就会耗尽力气了，到那时就只能坐以待毙了。

狼依旧一动不动。他从头顶处传来的急速呼吸中感受到，对方时刻准备着再次发起进攻。没有迹象表明它会投降，会松开他的肩膀。难道它要这样耗到早上吗？那样它也活不成吧。

"这种痛苦持续下去就是死亡。"他心想。

见过几次狼？他试着回忆，大概三四次的样子吧。距离现在最近的一次，是他刚进入青春期的时候。当时有两个和他年纪相仿的人找到他，手里拖着一头被剥了皮的狼。狼是他俩杀的。其中一人把剥下来的狼皮扛在肩头。他俩问起附近牧场上的羊，想挑选一只母羊。根据习俗，他们可以用这头狼和牧场主进行交易。虽然那是头小狼，但看起来还是很凶残，好像轻轻松松便能咬死人。他觉得要杀掉一头这样的猛兽绝非易事，便问他俩是怎么做到的。其中一人向他展示了自己的长矛，然后答道："像这样，看着！"然后，又把狼的尸体翻过来，指着它胸口右侧的伤口。这处伤口很深，还糊着黏稠的血块和泥块。"我刺中了这里。"那人接着说。他绕着狼的尸体转了一圈，没有靠近，仿佛有什么东西阻止他向前迈步。那并非是恐惧，而是类似于警惕或者谨慎。在他看来，狼的身体柔软而鲜活，并不像一具死尸。他对他俩说道："它会不会是在装死，想等你们带它走到荒郊野外的时候，跳起来把你们给吞掉？狼是多狡猾的动物啊！"那人讽刺地回道："你连死狼都怕吗？"他没接话，看着他俩，然后愣愣地问："你们怎么确认它已经死了呢？"他俩哈哈大笑起来，笑声像耳光般扇在他的脸上。另一个年纪比较轻的人起身抓住狼的脑袋，掰开狼嘴，大笑着模仿狼嗥："嗷——"他看到它的獠牙，诗人们也曾咏叹过它的坚硬。"嗷——"年轻人嘲讽地重复着狼嗥声，然后对同伴说："一头被我们亲手杀掉、亲手剥掉皮的狼，又怎么可能骗得了我们，把我们吃掉呢？"他俩又大笑起来。他只好尴尬地陪着笑，试图缓和这个局面："朋友，我刚才不过是开玩笑的……玩笑而已。"他又问道："你们想用它的毛皮干什么？"那个把狼皮扛在肩上的年轻人答道："我们想把它卖给老人。狼的毛皮可以辟邪，穿上它可以驱散妖怪和精灵。"随后他们把狼扔到地上拖着，朝牧场走去。太阳落山前，他回到帐篷区，看到孩子们在剥了皮的狼尸旁玩闹，觉得自己好窝囊。他明白，一个像他这个年纪的年轻人面对剥了皮的狼，不该如此戒备谨慎。他简直还不如面前这群嬉戏打闹的小孩。

他觉得继续这样僵持下去，自己的手一定会断掉。如果失去手臂，他面对的可不止一种死法：譬如窒息，譬如伤口发炎溃烂，譬如力气耗尽被狼拖出洞穴，那时死亡也许不是最坏的结局。他心想，如果一定要死，那么就让我以最轻松的一种方式死去吧，别让我亲眼看见自己坐以待毙。我死前要做的最后一件事绝不能是放弃我自己。

不断颤抖的四肢突然爆发出一股力量，把他从消沉疲乏的状态中拉出来，斗志瞬间开始燃烧。还没想清楚接下来会发生什么，他就一边用手按住包袱向后推狼的脑袋，一边使劲儿把肩膀从狼的爪子里向外扯。他用力拉扯着，就像肩膀不是他的一样。狼也爆发了，身体拼命向洞里扑。他知道决定生死的关键时刻到了，要么保住命活下去，要么现在就死。

他张嘴松开狼爪，用尽全力地扯出肩膀，就像把肩膀从死亡边缘拽回来，重新带回人间一样。狼的爪子终于被拔了出来，他感觉自己的肉也随之被拔掉一块。在黑暗中，他奋力抵挡着狼的两只爪子，直到将其按在洞穴内壁上。等到他确定自己一只手已经牢牢固定住了它的爪子，便双脚稳稳地踩在洞穴内的地面上，背部用力，抬起脖子，另一只手利用包袱顶在狼的脑袋上，紧接着绷紧全身的肌肉，一鼓作气把狼推出了洞穴，然后迅速拉住包袱往下拽，让包袱死死地堵住了洞口。

狼也展开了凶猛地反击。因为它踩着的地面太松软，让它不能稳住身体，否则情况也许就对他十分不利了。他听见它在洞外用腿使劲儿地刨，"咚"的一声，应该是滑倒了。

他利用包袱堵在洞口保护自己的头。包袱的一端被他压在后背和洞壁之间，左手抓住另一端，仅留出一点缝隙，好让空气进来。

狼爪没有停歇，仍在拼命地挠着他头顶上的包袱，就像要把包袱撕碎一样。狼滚烫的喘气声伴随着呼啸而来的狂风在他耳边回荡，沙土从通风的缝隙涌进了来，一股脑地扑向他。"你是在白费力气，我可是宰班，大英雄哈耶卜的儿子。"在确定自己防守坚实之后，他大喊道：

"夹起尾巴，快滚吧！"

狼仿佛听懂了他的话，突然停止了抓挠，收回了爪子，又一大股沙土随之涌了进来。

他对狼的举动又惊又怕，揣摩着它接下来会耍什么诡计。他感觉它迎着席卷而来的狂风，在洞口前面站了起来。他心想："现在一切都结束了吗？"这时耳边传来一个声音，不确定是真实还是幻觉，类似两块金属摩擦的声音：

"我还会回来的。"

在那之后，他听到风刮着狼的身体，渐渐远去。

他深吸了几口空气，刚刚耗尽体力的喘息和狼嘴吐出来滚烫的气息差点让他无法呼吸，现在终于松了一口气。他感觉空气除了呼吸和形成风以外，又有了另一种用途：新鲜的空气可以驱散心中的痛苦，消除身体里的疲惫，就正如此刻他的感觉。或者说心中的痛苦和身体的疲惫是由于吸入了污浊的空气造成的。不过什么造成的已经不重要了，现在最重要的是空气，他又能呼吸新鲜空气了。

"啊——"他呻吟着，头靠在洞壁上，一想到此刻想要的不过就是新鲜空气而已，不由得悲从中来。

每当濒临绝境时，那些曾经毫不在乎的东西，都会变得异常珍贵。

咳嗽……打喷嚏……晃动……痰吐到了大腿上……不断吭吭地呛咳。

由于沙尘呛进了肺里，他不得不拼命地咳嗽，胸口发出了类似巨蜥才有的轰隆声响，还有浓浓的痰液随着剧烈的咳嗽涌上喉咙，估计就是那种像腐烂青草颜色的黏液。这种情况在他小时候就发生过多次，不仅会令他呼吸困难，还会伴有胸口疼痛，每次发作的诱因都是沙尘。

肩膀已经痛到失去知觉，心脏也剧烈跳动着，像要蹦出来一样。一定是开始发炎了，他想了想，伸手去摸狼爪留下的伤口。他的指尖刚触上去就感觉一阵刺痛，伤口肯定已经肿了，还异常滚烫。要是能看得见伤口就好了，那样他就不会因为担心而胡思乱想了。现在对伤势的焦虑成了心头的第四重黑暗，要是不能及时处理伤口，沙尘会通过伤口进入血液，到那时他必死无疑。

他又想到，威胁生命的还有肺部不断传来的咳嗽，没准儿会越来越严重，最终令他窒息而亡。"我不会死的。"他喃喃自语道。一阵急速喘息后，他又顽强地补充了一句："以我母亲的坟墓发誓……我今天……绝不会死……"

他感觉，正是这个狭窄封闭的洞穴加剧了胸口发堵的感觉，挤压着他，把五脏六腑都挤在一起，身体内的所有器官都在呻吟。尽管厌恶这种感觉，但是在太阳升起之前他绝对不能出去。

洞外狂风肆虐，呼啸而来，洞口已经被沙尘厚厚掩盖起来。他用包袱把洞口堵得更严了一些，只留了一个很小的缝隙，防止更多沙尘涌进来。脑袋放松地靠在洞壁上，之后身体其他部分都放松下来了，除了膀胱。他的膀胱已经胀满了，感觉快要爆炸，他不得不紧绷神经。

　　绝不能再一次尿在自己身上了。

　　黑暗越来越厚重，气氛也越来越压抑。置身在这无声的黑暗中，他认真思索了很久。所有他经历过的场景都重现在眼前，所有他曾经见过的面庞都一一浮现，按回忆的顺序排成一列。他认真端详着这些面孔，试图从中找到一个解释，可以帮他理解遭遇敌视或倍受厌弃的原因。他没有伤害过任何一个人，也没有作奸犯科，但为什么不招人待见……这些人的模样在他眼里都变成了穷凶极恶的迫害者……在伸手不见五指的黑暗之中，他浮想联翩，脑海中似乎有一片广袤的沙漠不断蔓延。他把曾经见过的每一张面孔召唤过来，一一扔到沙漠里，并把他们周围所有的景物隐去，让他们迷失了方向。接着他向他们放出了一群饿狼，他们开始惊慌失措地狂奔起来。他把他们关进狭小的洞穴……当想象到侯密丹惊恐的脸和在洞里嚎哭着尿了一身的样子，他的内心感到了些许满足。他又想象舅母被困在洞里，像一只臭虫一样呼救……他们个个都惊惶不已，浑身颤抖，没错，个个如此。狼群把他们从洞里拖出来，撕咬着。没错，应该让狼群把他们折磨死，因为他们配不上好点的死法。他们应该被痛苦煎熬，就像他曾经那样痛苦；他们应该被疾病折磨，就像他曾经那样生病；他们应该茫然困惑，就像给他带来过的沮丧低迷那样。他目前首要的事，本该是思考如何摆脱自己的困境，而他满脑子都是天马行空的幻想，以至于他觉得自己可以一辈子坐在这个洞穴里，以想象如何折磨他们为乐。

他继续在回忆中搜寻。他不记得是否从某个老婆婆那里听过这样一个故事：一个人为了躲避狼的攻击，藏在洞穴里。他想知道主人公是如何逃生的，有没有逃生的希望。老婆婆们讲的故事都大同小异，故事都以主人公获胜并化险为夷结尾。然而，那些故事都是用来安慰人的，故事里的主人公都比他更强大更勇猛。即便他想起那些故事，对目前的处境也无济于事，只不过让他进一步承认自己的弱小和无能而已。

他的心头闪过嘉丽娅的影子，现在他遭受的一切厄运都拜她所赐。

"该死的女人！"

他心中咒骂着她，想起他们一次约会时的情景。

当时她风情万种地走到他身边，娇嗔地问道：

"你的承诺在哪里？"

"你不先跟我说声早安吗？"

"在听到你为我作的诗之前，我才不要跟你说早安。"

"那你坐下来。"

"在听到诗的第一句之前，我才不要坐下来。"

"说实话，我一个字也没想出来，就像有东西挡在了我和诗歌缪斯之间。"

她坐了下来，撅着双唇说道：

"你的诗歌缪斯真该死。"

"不是她该死，是我该死。"

"你们俩都该死。"

"好吧，随你怎么说都行。"

他俩陷入沉默。他觉得这沉默让气氛更加紧张了：

"嘉丽娅，相信我，不是我一想写诗就能写得出来。说起来挺尴尬的，我的大脑在写诗的时候好像不属于我，我不能控制它，甚至我感觉有人在我大脑里遣词造句和堆砌辞藻，完全不听我指挥。你懂我的意思吗？如果这件事是我能决定的，那么我在五天前就可以念诗给你听了。"

"是八天！"

她纠正道。

"好吧，八天。不过她今晚一定会来的。我感觉到她会来，明天我会用双膝献上为你写的诗。"

"你两天前也这么说：她今晚会来……但她并没有来找你。"

"这次我更确定，她一定会来的。"

他俩又陷入了沉默。嘉丽娅的表情舒展开来，笑容又重新回到脸上：

"有什么办法可以让她大驾光临吗？"

"没有。不过在意外的时候，我说的是最意外的那种情况下，她会飞奔而来。"

"为什么？"

"比如我看到什么漂亮的人或物，那种美丽胜过我之前见过的所有，就像我第一次看到你。"

"那时候你只念了一句诗：姑娘啊，这婀娜多姿的姑娘。"

"没错，这种情况下诗歌就会冒出来了，就像早已存在我脑子里一样，一行行地涌出来。"

"意外的那种情况……那次算是吗？"

"当然。"

"好吧，那你给我弹一首情歌。"

他拿起拉巴卜，把琴弓搭在琴弦上，然后唱了起来。

嘉丽娅注视着他。他感觉这目光中闪烁着狐狸般羞涩且勾人的光芒，就像她在想着什么别人从未想过的事情一样。他每见嘉丽娅一次，就愈发迷恋她。

等到他把琴弓从拉巴卜上面拿开，嘉丽娅的目光才停止了施展妖法。

"你怎么啦？在想什么呢？"

"太阳刚开始落山的时候，我希望你能去那里找我。"

她指了指远处的池塘：

"记得不要让任何人看到你。我会站在那里等你，就是在那棵树下！"

她又指了指池塘边沙丘旁的一棵大树：

"不要让任何人看到你，懂了吗？"

"放心吧，我懂。但为什么要这样呢？"

"我会让你的诗歌缪斯迅速飞奔而来。"

他自责起来："这是该怀念她的时候吗！"

他暗自惊讶，关于嘉丽娅的回忆会突然出现在这最为黑暗的关头。他会因她而变得强大吗？或者用她的模样来安慰自己？或者，她虽是所有这一切厄运的罪魁祸首，然而她并非故意给他带来厄运，他应该怪自己时运不济？

他明白，嘉丽娅是那样的美丽，只有欣赏她的美丽，才能让他再次燃起求生的欲望。

他的身体越来越沉，也愈发衰弱，连呼吸也开始吃力起来。他揉了揉眼睛，呼吸仍然很困难，喉咙里发出吭吭的咳嗽声，鼻涕大把大把地从鼻孔中涌出来。右侧臂膀疼得似乎快要爆炸，身体好像被卡住似的疲惫不堪，膀胱更加膨胀。狂风在他头顶处呼啸着吹过，又激起了曾一度停滞的纷繁思绪。这所有的一切让他精疲力尽："所有一切都该死，该死啊！"

他身心疲惫到了极点，已经支撑不下去了，心想："我要睡了，哪怕一小会儿，哪怕就闭一会儿眼睛，就闭一会儿眼睛……随便那头狼把我怎么样吧。"

他感觉夜幕在眼中倾泻开来……

宰班突然跳起来，瑟瑟发抖，双手在洞壁上胡乱抓挠，然后大口吸气，又长长吐出一口气。梦，是个梦而已。他又深吸一口气，马上咳嗽起来，咳得喉咙发疼。他咽了一下口水，又咳了起来。梦，是个梦。他发现自己仿佛泡在了又黏又烫的汗水里，仅从一个针孔里汲取空气勉强维持呼吸，呼吸的频率和心跳一致，游丝般的空气夹带着灰尘进入身体。

洞穴外面仍旧狂风大作，只比之前略微缓和了一些。他估摸过不了多久风就会停下来。

他想像着自己现在的样子，肯定脸色发青，没有血色。"这大概预示着血快要变冷了吧。"他摸了摸胸口，发现胸前覆盖着厚厚的一层沙土，伸手掸了掸，不禁悲观地想道："我就快要被活埋了。"

大腿上的肌肉早已僵硬发疼，就像紧绷得快要断裂的绳子一样。膀胱胀大了两倍。他再次把头靠在洞壁上，想要放松放松全身僵硬的肌肉，还试着分开双腿舒展一下，可是洞里空间太小了，两条腿只能贴在一起。他很悲观地想到，现在自己和胎儿在腹中的姿势一样，这是一个不祥之兆，似乎预示着惨淡的诀别——如何在母亲的肚子里出生，就如何在这个洞穴里死去。

现在，他感觉身上的各种痛交织在一起达到了顶点，如果可以把上身伸到洞穴外面就好了，那样他就可以躺下来，缓和一下疼痛。可一想起那头狼，他马上打消了刚才的念头。如果上身露在外面，那该死的畜生一定会毫不迟疑地扑上来抓住他。

他缓慢地动活了一下身体，时刻当心着膀胱，因为任何一个不经意的动作都能引爆它。他痛苦地低声安慰自己："唉……现在也没什么大碍。"

他仔细回忆刚才做的那个梦，努力破解其中的涵义。他确信那里面一定蕴含着某种暗示，梦会透露出人接下来将会遇到些什么。他从老婆婆们那里也听说过，梦像谜语一样，需要解梦人根据梦里各种场景和情节进行破解，因为那是天神的语言。

对他来说，刚刚那个梦有些奇怪，他也很难解释，狼会念诗预示着什么？

他开始仔细回忆刚刚那个奇怪的梦。在梦里狼弹着拉巴卜演奏着歌曲。那头狼像人一样坐着，拿着一把拉巴卜，跟他的那把很像，却是红色的，像血一样的颜色。狼的脸看起来像是一位老相识，以至于他在梦里看见它像人一样坐着时也并没觉得奇怪。梦里充满宁静而祥和的气氛。狼的眼神里也充满了平和，给这片静谧增添了几分安全感，这是他之前从未感受过的安全感。狼好像没有看见他，全身心沉浸在演奏之中，就像他弹琴时的状态一样。狼在拉巴卜上弹出了他喜欢的曲调，甚至连表情也与那哀伤的旋律相呼应。狼唱道：

伟大的主啊，他迈着脚步向前走啊，

我的主啊，让果腹之物自己来到我面前吧。

从清晨到夜晚，

有多少狼饱食了猎人的血肉，仍然饥肠辘辘。

宰班啊，如果狼饿着肚子来到你面前，

你就献出自己给它做顿晚餐吧。

到了第三句时，狼开始只唱不弹。他在狼的嘴里看到了一个东西，那正是他自己的脑袋，一动不动，不知是死是活。唱到最后，狼啪的一下把嘴里的东西吐到了拉巴卜上。

他又咳了起来，剧烈的咳嗽让他觉得肺都快裂开了。从胸口涌上来的浓痰卡在喉咙里，他又把痰咽了回去，感觉稍微好了些，就像赖以维持呼吸的那个针孔被放大了一倍。

他自问："我睡了多久？"

随后又自己答道："我好像不是睡着，就是打了个该死的盹而已。"

他想移开包袱看看洞外的情况，可刚一移开包袱，还没来得及往外看一眼，堆积在包袱上的厚厚沙尘瞬间朝他扑来。他揉揉眼睛，抹掉脸上的沙尘，重新放眼望去，外面依旧强风阵阵，卷起阵阵沙尘让他睁不开眼睛。他快速地扑闪着睫毛，又搓了搓眼睛，看不见任何东西，周围只剩下黑暗。如果黑暗也算一样东西，那么那便是他此刻唯一能看得见的物体，笼罩着他，包围着他，并蔓延到远方。

在这片黑暗中，宰班思绪混乱。他强忍着沙粒漫进眼里的刺痛，视线仍在洞外努力搜寻更多虚空的物体。他在那片黑暗中搜寻着，眼前除了黑暗还是黑暗，别无他物。一想到在这压倒一切的黑暗中，眼前所有的物体都消失不见，他又开始胡思乱想。现在自己没准儿已经死了，还能受到什么别的伤害？或者说自己还会碰到什么更糟糕的事？什么都没有，就像这黑暗一般，彻底没有。或许他也不存在了，因为他看不到任何存在的东西，只有感觉还残存着，将他和这个世界连接起来。他感觉自己还活着，他感觉全身上下疼痛难忍，也正是这些疼痛的感觉使他本能保持着清醒，就如所有生物一样。至于死人，死人是不会感到痛苦的，人死后会去到真主那里，真主掌握着每个人的命数，安排人死后去该去的地方。品行高尚的人有幸上到天堂，因为无上尊贵的真主喜欢高尚的人，会给他们好运气，给他们增加寿数，真主还会赐予勇士一颗黄金的心。至于吝啬鬼和懦夫，真主连看都不会看一眼，他们也不能靠近天堂。

"我也是品行高尚的人，不是懦夫！"

他告诉自己："真主知道我历来息事宁人，知道我不是有意杀掉穆特艾布的。我想得到他的宽恕，我要和那些高尚的人一起进天堂。"

他摒弃了那些漫无边际飘荡的思绪，在黑暗的引导下开始思考。难道死亡不是黑暗吗？难道死亡不像是出生前的那种状态吗？人在父母结合之前身在何方？在洞穴里，抑或黑暗中？黑暗中的任何事物都不会留下印记，正如现在眼前的这片黑暗，除非被记住，否则其中任何物体都会归于虚空。当得出"任何物体都会归于虚空"的结论时，他顿了一下，然后继续想道，尽管如此，黑暗也是所有事物的核心，因为眼睛所看到的一切，其根源都是虚空，直到光的出现，给予各个物体不同的外形和内蕴，让世界变得丰富多彩……光才是唯一能让物体之所以成为物体的东西，没有光，任何物体都是虚空。

肆虐的狂风逐渐平静下来。他心想："天气马上就要恢复正常了。"

他闭上双眼，想起那个池塘，那里的一切他都想记住：和煦的微风，纯洁的姑娘们用那娇俏的笑声向世界展示她们的美好。他每次回想起那里的美好记忆，头脑中都会闪耀着光芒，似乎暂时沉浸在这美好的记忆中可以帮助他略微缓解当下的艰辛。

嘉丽娅的脸庞突然跃入他的脑海，清晰如在眼前一般。他想起那天太阳西斜的时候去池塘边赴约的情景。日落前的空气还残存着正午烈日的温热，麻雀已经回巢。尽管空气中已经带有些许清爽的凉意，他还是觉得燥热。在夕阳余晖下行走，燥热让他忍不住取下了头巾，想让微风舒缓下心情。他又解开了辫子，微风拂过头皮，吹干身上的汗水。他心里盼着太阳赶紧落山。很快走到了池塘边，他觉得这个上午时间过得很慢，太阳移动的速度比平时慢了很多，等了好久才到中午。他心想："从我俩约好到现在，时间怎么过得这么慢啊。"

他一直在想，嘉丽娅提出这个奇怪的要求，让他在这个时间独自去见她，到底是想要做什么。他觉得自己完全不了解她，根本猜不出她心里到底在想些什么。从他俩第一次说话到现在，已经过去五个月了。虽然这期间他们频繁见面，但是每次见面都是匆匆开始又匆匆结束。况且五个月根本不够去了解这个女人，甚至一辈子也不够。在他看来，一个像她那样的女人，如果让人弄懂了，反而失去了她的魅力。嘉丽娅的魅力蕴藏在她的双眼中，也在她那不可预料的行为上。比如他告白时她的反应，比如第一次见面时她那让他尴尬的提问："你真的像他们说的那样，是个阉人吗？"

"她难道是想要我……"

他想到这里，马上停了下来，连忙摇摇头。"不，不。"那个念头被抛到一边，他继续往前走，"她是清清白白的姑娘，不会做有损体面的事……那么她到底想干什么呢？"各种猜测在脑海中翻腾，他想只有一种可能，也许她是想跟我表白。

池塘好像还沉睡在梦里。他把手搭在额头上为眼睛挡住强光，以便看得更清楚些。他朝远处望去，发现嘉丽娅站在酸枣树旁，跟她一起来的还有另一个姑娘。嘉丽娅朝他招招手，他刚想朝她走过去，她便消失在沙丘后。

"她是在跟我开玩笑吗？"他边想边走了过去，"马上我就知道她想干什么了。"

他回头望了望姑娘们平时常坐的地方，那里空无一人，通常她们中午都会回家。于是他快步向那棵酸枣树走去。他爬上沙丘，向下就能看到池塘的一角。那里站着另外的那个姑娘，她把裙边提到小腿附近，站在池塘低浅处，一只手抓着衣服。他继续向前走，突然发现嘉丽娅的脑袋从池水比较深的地方钻了出来。

"你在做什么？"

他激动地问道。

"洗澡！"

她答道，随后看向女伴，她俩一起笑了起来。

"那等你们洗完我再过来。"

"快来吧！"

他还没转过身，她叫住了他。

"你不想要你的缪斯了吗？"

"关她什么事？"

"关她什么事！"

她嘟囔着，朝他这边走来，每走一步，身上都有一些水珠滑落下来。

当他看到嘉丽娅赤身裸体地从水里走出来，简直都要窒息了。眼前这一幕超出了他的承受力，他膝盖一软，坐在了沙丘顶上，然后从上面滑了下来，眼睛却一直盯着她的胴体。不知道是被闪耀的太阳光晒化了，还是被她的妩媚弄得全身酥软，他就像那即将燃尽的蜡烛一样，快要融化成一滩春水。

嘉丽娅走到距离他大约只有十步的地方站住了。他注意到她右手握着一把匕首，刀刃在闪着光。

她朝他挥舞着匕首，像有预谋般地说道：

"你要是再敢靠近一步，我就把它插进你肚子里。"

这么多年来，他在池塘边度过了多少个春天，从来没见过女人的胴体。姑娘们经常在这里洗澡，但他从未想过偷看她们的裸体，虽然有些人确实这样干过。

他那瞌睡的小兄弟突然醒了，随后睾丸像被针扎般痛了起来，令他措手不及。每次那个家伙猛地醒来一下，又会马上长久地睡过去。他抓住它，呻吟一声，继而贪婪地打量着她的胴体，仿佛看到了此生最美的画面，感受到了极致的欢愉。他像在欣赏世界上最完美的艺术品，她的胸脯蕴藏着双重愉悦，婀娜的腰肢散发着无限诱惑，晶莹的水珠滑过她那……他呻吟道："真主啊。"

"你现在怎么样？"

嘉丽娅一边拧着头发一边问，然后把秀发搭在左肩，让它垂在前胸。

"你现在怎么样？"

她再次问道。

宰班没回答，他觉得只要一出声，眼前的世界给他的偏袒就会消失了。

"好吧！"

嘉丽娅笑着说：

"你现在怎么想？"

她原地转了一圈，他顿感天旋地转，仿佛脑袋周游整个天空的同时，亲眼目睹了女人是如此超能强大且不可战胜的一种生物。

"嘉丽娅！"

他用嘶哑的嗓音喊道。

"嗯？"

她有些意外地应道。

"你……"

他沉默了一下，望着她，仿佛想要抵御她正在射向他的箭：

"你比飞马更加迷人。"

他往后闪躲，跑回了刚才来的地方，脑海里回荡着各种交杂的铃声，响彻头骨。这些声音中，他听见了诗歌缪斯的声音，她总是用他的声音说话：

看你，多么白皙，

太阳的光芒只为你到来。

当你趟进池塘水里，

一汪清澈，膜拜你的美丽。

"啊——"伤口的刺痛把他从回忆里拉回现实，"诅咒嘉丽娅她爸，诅咒我认识她的那些倒霉的时候。"

自己爱过她吗？他问自己。说实话，他自己也不确定。每当他看见嘉丽娅的时候，他都能感到一种想要独占她的强烈欲望，他想把她藏起来，不让别人看见她，让她只属于他一个人。如果这就是爱，那么他确实是爱她的，之前他从没这样爱过一个人；如果这不是爱，那么尽管爱是一件伟大而严肃的事情，人在陷入爱情的时候是难以保持理智的。

自己现在恨她吗？……他觉得自己会回答"不"。伤口又开始疼了起来。他不再继续想这个问题了。

他又想起了那头狼："它现在跑到哪里去了？"然后猜测："它一定是悄悄地埋伏在我头顶上，让我以为它已经走了，以为周围安全了。等我把头探出洞外，它就扑上来一口咬住我。"他暗暗骂道："这狡猾的畜生！"他感觉埋伏在头顶上方的狼突然膨胀成两倍大，正张开血盆大口，露出锋利的獠牙。

一阵猛烈的咳嗽打断了他的思路，随后咳出一口黏痰，这次他把痰吐到了大腿上。他觉得胸口被某种又沉又大的重物压得生疼，而这个重物可能在决斗中他尿到自己身上时便压在胸口上了。虽然那时候他还没被困在洞里，面前的世界还很开阔，但是这两种感觉极为相似，仿佛二者来自同一源头，他对此惊奇不已，喃喃自语："世界也是个洞……只不过是个大洞罢了。"

他开始注意听着洞外的风声，那像是混合着疯狂和痛苦的呻吟，又像是伊本·巴提勒家的舅母在失去了第一个儿子那天的哭声。他仔细地听着，似乎在所有这些声音中隐约还有弹奏拉巴卜的琴声。那旋律自然而流畅，但是没有按照曲

111

谱进行演奏。

他听得太专注了，越听越感觉到分外孤独。乐曲旋律非常贴近自己的内心，那是一种从未有过的贴近，甚至让他敞开心扉，清除了自己和某样东西之间的屏障。这个东西是在他降临人世时就同时诞生，并和他一起经历了形形色色的人生，只是这个东西一直处于与世隔绝的状态。此时，一种充满和平的静谧笼罩着他，心脏跳动的声音，血液涌动的节拍，和洞外纷杂的声音交融在一起。他突然感觉自己身体内部出现了另外一样东西，让他像一个人独处却又不是一个人，那是一种既属于他，却又跟他毫无关联的存在，除他之外的另一种存在。他不知道如何描述这种感觉，但是在洞穴里真真切切体会到这种"像一个人独处却又不是一个人"的感觉。他不禁问一句："你是谁？"心想，没准儿会有回应呢……

脚开始颤抖起来，他猜测道："难道是诗歌缪斯？"他感觉这个东西一直与他同在，并且就在他体内，虽然看不见，但的确是真实存在的。他开始疑惑了："诗歌缪斯不该藏在我体内啊，她应该是从一个我不知道的地方来找我。"一个疯狂的念头从他脑袋里冒出来，就像是从诗歌缪斯嘴里亲口说出来的一样："或许，它就是另外一个'我'；或许，根本没有什么缪斯。"他头脑转得飞快，就像是想要穿过面前坚固的壁垒，快速冲过去却被撞倒在地，只好爬起来一瘸一拐地继续前行，想着："这个世界……这个世界也许就是虚幻的，像做梦一样。在梦里我也会痛，会饿，会渴，会怕，在梦里也有五彩缤纷，有沙漠，有天空，也有雨，有骆驼，有羊群，当然还有侯密丹，我在梦里看到过侯密丹和伊本·巴提勒舅舅，是不是这就能证明做梦和清醒是两码事呢？为什么生活不是梦境，为什么死亡不是从梦中醒来？"

"啊——"他呻吟起来，努力让头脑远离这些疯狂的想法，然后对自己说道，"我在说什么胡话。全身滚烫，一定是发高烧导致我思维混乱了。"

他吸了吸鼻涕，继续回忆刚刚那个梦，想破解梦中蕴含的暗示：一头作诗的狼，红色的拉巴卜，狼弹琴唱歌，三句伴着旋律的歌词，那旋律令他愉悦，歌词夸赞狼这个种族优于人类！然后……他的脑袋被吐了出来！

"这是什么奇怪的梦？"他满脑子的疑问，梦里的这些画面让他困惑不已。

然而，他是一个诗人。按老婆婆们的说法：诗人是最擅长解梦的。当诗人处于无法摆脱的困境，并且为此感到极度绝望时，他就能够破解梦境的密码。

他突然感觉饿了，便不再去琢磨那个梦，伸手到头顶的包袱里，想找些吃的东西充饥。他摸索了一阵，发现包袱上装着椰枣和干酪的口袋正好在卡在洞外一侧。"看看我能不能把包袱拉到洞里面。"他心想。回想起自己之前背着包袱狂奔，左蹦右跳地穿过草丛，还无数次地在左右两肩换着背，要不是抓得牢，包袱都差点被甩出去了。他心底暗自祈祷，千万不要把食物都甩没了啊。

他试着把包袱拽进洞里，可是包袱实在太大了，根本进不来。于是，他低着头又一次伸手在洞中摸索，似乎这个洞容下他之后，再也无法塞进其他任何东西了。他想找一个既能让他拿到包袱里的食物，而又不用把自己暴露在洞外的办法，因为如果现在冒险把手伸到洞外，可能由此直接面临死亡威胁，估计狼至少也会咬住他的手指。一想到那头狼，他仿佛已经真实感觉到，它正埋伏在他的头顶上，舔舐着獠牙，只要他身体的某一部分伸出去，便立刻扑上来抓住他。

"等着瞧！"他咕噜了一句，决定忍住饥饿，克服大腿肌肉的僵硬疼痛，憋住让他倍感痛苦的膀胱。这些让人压抑的感觉更加剧了他的想法：现在所做的一切都是一种嘲弄，最终逃不过失败的宿命——死在那该死的狼嘴里。于是，他坚定了决心："只要我活着，绝不出去。"想到这里，他放松下来。

放松下来之后，他又开始幻想从狼口逃生之后的生活。

这时的他似乎一下子变得很迷茫。不管是前往科威特，还是修建房子，成家生子……这些念头统统在脑子里烟消云散，他既不想往北走，也不想往南逃。他不禁问自己："比起东逃西窜，躲起来难道不是更好的选择吗？我能逃到哪里去呢？是只身一人去陌生的地方闯荡？还是去投靠未曾谋面的叔伯们？如果大家都不再提起他们和我父亲之间的恩怨，毕竟是血缘关系的亲戚，不会因为从未见过就不帮我一把，岁月流逝不能把血变成水。但是，他们也可能看到我就想要复仇，或许会要求和我决斗。"

　　他又想："我现在的生活就是挣扎着活下去，最后可能会失败，然后就一命呜呼。"想到这里，他更加绝望了。

　　他轻轻摸了摸灼烧般的肩膀，稍微一碰就感到剧痛，像是被烧红了的匕首刺中了一般。四条狼爪留下的伤口都已经肿胀发炎。"躲起来才是上策，"他心想，"用不着去面对变幻莫测的未来。"

　　他用袖子擦了擦鼻涕，发现之前以为是狂风呼啸的那个声音，其实是伴随自己的呼吸从气管里传出的声音而已，类似呼呼的哨音。他用力咳了两声，咳嗽可以改善呼吸，把堵在肺部的痰排出来。他扭头把痰吐在一旁，呼吸困难和浑身汗水让他非常难受，所以他稍微向外推了推包袱让洞口的缝隙更大一些，改善一下洞里的空气。这时，洞口的缝隙已经不再有沙子扑到眼睛里，沙尘暴变成了徐徐的微风。洞外还是一片黑暗。要么是仍然飘浮在空气里的沙尘，要么是厚厚的黑色积雨云挡住了视线，他无法看见星星。

他再次凝视这片黑暗，发现黑暗让思绪驰骋在各种放肆而又模糊的念头之上。然而，对狼的恐惧让他无法专心思考。他努力地捕捉着各种声音，希望听到狼的呼吸声或者脚步声，或是任何异常声音，以确定这该死的畜生就在头顶上方窥伺着他。但耳旁只有莎草茎秆被风拂过的沙沙声。他保持着高度警惕，继续缓缓移开包袱，让露出来的洞口缝隙再大一些，这样就可以更清楚地听到外面的动静。他伸长脖子听着，只听到不断传来的沙沙声，这让他疑团满腹，更加怀疑那头狼已经回来了，正潜伏在某处，甚至都可以肯定它就潜伏在莎草丛的另一侧，伺机准备向他扑来。

他想起小时候捉兔子、跳鼠和鳄蜥时也是用同样的计策：埋一根羊毛搓成的绳子在它们的洞穴口，绕成一个圆形圈套，然后抓住绳子的另一头，悄悄躲在一旁。就这样等着，等猎物一探出脑袋，他便迅速拉紧绳子，收紧圈套。要是运气好的话，猎物就这样被套住了；要是运气不好，就另外找个洞口再试一次。

转念想起了侯密丹·古萨卜，他不由得露出一丝笑意。自打小时候，侯密丹就霸道又傲慢，不是强占他所设好圈套的埋伏点，就是霸占男孩们的猎物。"呵呵……"他虚弱地笑了笑，回忆起童年时的一件趣事。那是个初夏的白天，由于天气异常炎热，鳄蜥就会不得不把头伸出洞穴乘凉。他守在一个鳄蜥的洞口，随时准备收起手里的绳子，然后看见侯密丹又一次从远处朝他走来。就在前一天，侯密丹才抢走了他的一个埋伏点。

一看到侯密丹走过来，他便马上起身离开了这个自己蹲守的鳄蜥洞。其实，那天从太阳的光线刚开始变强的时候，他就摸清楚了那个洞根本不是鳄蜥洞，但是他还是用绳子在洞口布置好圈套，趴在一旁埋伏起来。等到侯密丹朝他走来，他假装生气地盯着对方，并做出恐吓的动作，似乎要和侯密丹打一架。侯密丹命令道："滚开！"他便毫无反抗地起身走了。他朝帐篷走去，心满意足地暗暗期待。还没走到帐篷，他便听到了侯密丹的哇哇大叫。

想到这里，他忍不住开怀大笑起来，不一会儿又剧烈地咳嗽起来。他扭头把一口浓痰吐在了肩膀上，心想："哪个恶魔告诉我这个对付他的办法？"想象着当侯密丹发现绳子套住的居然是一只巨蜥的脑袋，被吓得哇哇大叫时的样子，他又大笑起来。事实上，他前一天差点抓住了那只巨蜥。后来，为了避开侯密丹的报复，他不得不在帐篷里躲了三天。母亲骂他怯懦，他就当作没听到一样。第四天他出去放羊时，落入了侯密丹在牧场设好的陷阱。侯密丹用栓骆驼的缰绳打了他一顿，打得他嚎啕大哭。

"要是回到被打的那天。"他摸着洞壁，感受着伸出来的莎草根茎，放飞着思绪，"如果我当时和侯密丹打一架，狠狠抓住他的脑袋还击，那么，现在就不会沦落到憋在洞里不敢出去的地步了。"

他活动了一下脚趾头，转了转两只脚，一切正常，还好，能放心了。尽管与之前相比，僵硬的大腿肌肉略微放松了一些，但还是很疼。不知是从肺部还是气管发出的呼呼声越来越急促，直至控制不住引发连续的剧烈咳嗽，这几乎要撕裂他胀得满满的膀胱。只有在咳出黏痰后才会有片刻的平息。他用手擦了擦鼻涕，又把手上的鼻涕在袖子上蹭了蹭。

他感觉受伤的那侧肩膀的炎症越来越严重。毫无疑问，炎症会让他已经滚烫的身体燃烧起来。如果明天还继续被困在这个洞里，也许他就……他就会死。如果躲进洞里也是死，那不如出去死好了。

自己活过的这三十年，到底得到了什么？什么都没有！这个自问自答让他伤心不已："是的，一无所有！"

回想曾经的日子：没有家人的照顾，没有妻子的关心，没有部落的保护，没有儿女承欢膝下，也没有一处栖身之地……一无所有，就如同眼前的黑暗，归于虚空。他自嘲道："要是我命里有点福分，就不会像鳄蜥一样藏在这个洞里了。"他内心有一种想哭又想笑的奇特冲动，感觉自己很可怜，是个孤独的怪人。

他回顾了人生的各个节点，基本上就是从一个失败到另外一个失败，从未取得过成功。甚至他创作的诗歌被姑娘们称赞和传诵都是他失败的铁证——证明他一无是处，只会舞文弄墨。

　　"狗崽子！"他头顶上方回响起母亲的骂声。

　　"我为什么会这样？"他再一次审视自己的过去。为什么他会变成现在这样，成为母亲口中的失败者，成为男人们欺辱的对象？是因为他没有认真对待母亲吩咐的事吗？还是因为自己面对欺辱总是装聋作哑？或者是因为自己在做任何事之前就预感会失败？他自言自语道："我为什么害怕死亡？是因为不知道死后会发生什么，还是因为我热爱生活，热爱各种美的事物，而唯独死亡才会把我和热爱的一切分离开来？……唉，死亡，没有人可以死而复生，活着的人也就无法知道死后的世界到底是什么样。所有关于它的描述都来自老婆婆们讲过的那些故事，说那里有能装下天空的巨型羊毛帐篷，说那里有眼带迷人魔力的漂亮姑娘，说那里有潺潺流淌的河水，说那里羊群中的任何一头就足够三十个饿汉吃饱，最重要的是永生……对于这样一件没人亲眼见过的事，我怎么能相信？也许别人会相信，因为那些关于死后世界的描述让他们惊喜，完全符合他们的需求、意愿和欲望，要不然为什么会有帐篷、姑娘、河流和羊群？这些不都是他们渴望在生活中拥有的东西吗？永生也是他们渴求的，不过……"

"啊……"想到这里，他赶紧捏了自己一把，"我这是在说什么疯话呢？我对真主的信仰去哪里了？对先贤们的尊敬去哪里了？脑袋烧糊涂了吗？是的，我受伤发烧脑子乱了，毫无疑问，真主会优待我的，是的，他总有一天会优待我，我配得上。"

"唉……"不小心压到了手臂上的伤口，顿时疼痛让他感觉快要爆炸了。"那现在干什么呢？"他心想，"我要继续躲在洞里等死吗？我就这样轻而易举地死掉了吗？"他活动了一下身体，让背部左侧沿着洞壁伸展一下，爆满的膀胱也随着一起倾斜了，接着想到："我现在只剩一条命了，它是我所有的一切，失去生命我就再也不会失败了。"想到这里，他感觉浑身热血急速往头上涌："不管失败会带来什么可怕的结果，我的生命是宝贵的，值得珍惜！"他觉得自己应该稍微缓解一下绝望的心情，于是屁股向上抬，背部沿着洞壁往上蹭，手撑着包袱向洞外望出去。这时，狂风的脾气已经平缓下来，洞外的世界一片寂静。他估计，空中飘浮的沙尘在日出之前就会渐渐地落到地上。他明知凶多吉少，还是决定为了宝贵的生命冒险一搏。忙乱而迅速地把手伸出洞口去够包袱外侧的口袋，并在里面翻找起来，他要找些吃的东西。

运气不错，口袋里的食物还在，没有掉出去。他兴奋起来，抓了满满一把，飞速把手缩回洞里，数了数，八颗椰枣和一大块干酪，一口气囫囵吞下了四颗椰枣，咀嚼时还发出了奇怪的声音。那是一种叹息，一种渴望的叹息，或者说，那是愿望达成后的感慨，这椰枣里有他平生从未尝过的味道。他心想："这些椰枣值得我用生命去冒险。"他觉得它们就像是从天堂采摘来的果实。小时候听那些老婆婆们讲过，天堂里的椰枣甜美至极，让品尝过的人陶醉。

"这些椰枣的味道也很甜美。"他心想。饱满的甜度让他开心，也使他感觉到体力明显有所恢复，甚至差点忘记了狼的存在。吐出枣核，再咬一口干酪，酸酸的味道让他很享受，似乎以前从未发现干酪如此美味。他开始细细品味剩下的四颗椰枣，一颗一颗地放到嘴里，当吃到最后一颗时，他放慢了咀嚼的速度，巴望着永远都吃不完。"现在就差喝点水了。"吐出最后一颗枣核后，他咕哝道。又到装椰枣和干酪的口袋里摸到了水袋。"要是再喝水，膀胱非被撑破了不可……不喝水也没关系……现在我已经感觉好多了。"

他心想："不管吃的东西是多简单，饥饿也会让它变成美味；不管前方有多凶险，生活也会让它变得美好。"

外面的风安静下来，宰班在里面紧紧拉住包袱堵住洞口。

他观察到包袱的边缘和洞口上沿之间的缝隙变得有些透明，这个地方与昏暗的四周区别明显，虽然天色还是阴沉的，估计清晨快要到来了。

　　他竖起耳朵从笼罩四方的寂静中捕捉声音。洞里像被寂静捂住了嘴，除了自己呼吸时胸口发出的呼呼声以外，没有一丝动静。他伸长脖子，把耳朵贴近洞口边缘的缝隙，想要听到更远处的声音。他听见自己心脏跳动的声音，就像小锤在砸咖啡豆。有那么一瞬间，他好像出现了幻听，感觉有脚步声越来越靠近……是人类双脚走路的声音！他努力控制紧张的情绪，屏住开始变得起伏不断的呼吸，然而胸口的呼呼声却越来越大。他只好闭上双眼，努力把全部注意力集中在听觉上。是出现幻听了吗？这分明就是脚步声。他继续侧耳倾听，突然又传来弹奏拉巴卜的琴声，还夹杂着一些诗句的浅唱，声音像是来自宇宙的另一端，闯进脑海，告诉他一个事实：他还活着。他感觉到这个声音有种摧毁死亡的意义，内心不禁波涛汹涌。猛地又开始咳嗽起来，他竭力想压住，但没见效……尽管咳得厉害，他还是继续努力分辨那个声音。那个声音本来在慢慢靠近，但自从他开始咳嗽，便飘得越来越远，最后消失了，就像在引诱他。尽管如此，他还是能依稀听清一部分。那个声音末尾说"做顿晚餐"，尾音拖沓。听到带着旋律的这句话时，他停住了咳嗽，屏住呼吸仔细聆听，耳畔只有空洞的嗡嗡声，那个声音神秘地消失了，就好像从未出现过一样。又过了一会儿，他才憋不住把气吐了出来。刚才听到的那个声音到底是什么？不可能是幻觉，那个声音是真实存在的，真实到……他想起了梦中狼唱的那些诗句，像被蛇咬了一口，突然间整个人僵住了，麻痹的感觉从头部传遍全身，自言自语道："和梦里一模一样！"他浑身颤抖，心想："真的是一模一样！做顿晚餐……你就献出自己，给它做顿晚餐……"他在黑暗中瞪大眼睛，仔细捉摸着那个声音——就是梦里狼的声音。一种莫名其妙的感觉笼罩了他，不是恐惧，而是一种比恐惧更加可怕的感觉，死死压着他的思绪、灵魂和全身各个地方。他缩着脖子，使劲儿蜷缩着身体，想躲到自己身体里面，心里充满了致命的恐惧，一种平生从未感受过的恐惧："精灵，精灵，精灵……"

　　瞬间，恐惧让他头脑中不断闪现出各种奇怪的念头，这让他对刚刚盘旋在耳畔的那个声音愈发感到恐惧。那个声音是来自一个企图伤害他理智的精灵，还是风声，或是莎草的沙沙作响？

　　首先能略微放心的是，那个声音不过是一种幻觉。"风，是风干的，这种情况经常发生。"然而恐惧随即又向他袭来，因为风不能念出自己曾经在梦里听过的诗句。众所周知，精灵害怕狼，他用这一事实去抵抗此时的恐惧。现在正好有一头狼盘踞在他头顶上方，因此这个声音不是精灵发出的。他一边剧烈地咳嗽，一边自问："那又是谁的声音呢？"又回想了一遍那个声音——像是刀在石头上摩擦发出的声音，操着人类的腔调，结尾时语调洒洒落落，带着摇曳的乐感，语速很慢，突然闪过的念头把各种纷乱零散的思绪整合起来。"会不会是狼在说话？"他咽了一下口水，继续思考，"狼是不会说话的，尽管它们精明狡猾，但不具备语言能力。那会不会我遇到的是一头与众不同的狼？就像艾布·扎德·海拉利的马能飞一样，就像秃鹰能告诉苏莱曼国王怎么到达阿德·本·夏达德黄金城。可能有些动物与它的同类不太一样。不是所有的马都会飞，不是所有的鹰都会说话。"

"唉……"他很沮丧，揉了揉额头，叹了一口气，不知道外面的情况到底怎么样，也不知道怎样才能了解外面的情况。

片刻之后，他又感觉自己是在梦中，现在所发生的一切都只是一场梦而已。只要醒来，一切都将戛然而止，他会发现自己躺在帐篷里，拉巴卜就放在旁边。他起床拿起琴弓，弹起梦中听到的那首歌曲，没准儿还会弹点别的什么，为池塘旁的姑娘们献上表演。啊！池塘，想起那里的种种——池塘、姑娘们和拉巴卜——都不会再重新回到身边，他悲从中来：生活里的一切都在那天结束了，一去不复返，像夜晚的梦境一般结束了，一个像这样的梦……"梦"。逃离现实的思绪又重新回到眼前，他喃喃道："现在发生的是真实的，令人发疯的事实。"他又揉了揉额头，用力按了一下太阳穴，接着左右活动了一下脑袋，洞壁上的沙尘顺着衣领簌簌地落到了后背上。

以前见过精灵吗？他仔细回想，迅速把全部记忆搜了个遍，没有！他也不认识任何见过精灵的人。不过曾经听过一些关于精灵的故事，有一些是老婆婆们讲的，还有一些是小伙伴们围坐在火堆边聊天时提到的，这些故事给夜晚平添了几分惊险刺激，大家也趁此机会互相吓唬着玩。故事里的精灵一般都出现在荒郊野外，人烟稀少的地方，并且每次出现的形象都不相同。

宰班清楚地记得第一次听祖威比的故事时，被同伴模仿的精灵声吓得魂飞魄散，并且因为太过害怕，直到天亮都不敢躺下。故事讲的是一个名叫祖威比的勇士，明知精灵通常住在柳树上还偏偏在柳树下过夜。当他正在酣睡时，被一个重物落下的声音惊醒，只见一个长着山羊头的女精灵出现在他面前，少女般的秀发垂在胸前，如丝绸般顺滑。祖威比微笑着给她梳头，向她展示自己的勇敢，还夸赞她："多么浓密的秀发啊！"女精灵欣赏他毫不畏惧的勇气，说道："你有一颗强大的心。"

还有一个让宰班印象深刻的故事，讲的是有个男人半夜举着火把赶路，突然遇到一个自称迷路的人前来求助。当这个男人给他找吃的时候，眼角余光瞥到对方脑袋在地面上投下的影子，那居然是带着两只弯曲犄角的牛头。男人迅速抽出匕首插在地上的牛头影子上，让这个假扮成人的精灵整晚都无法动弹，男人趁机逃走了。

他的脑袋里面有种像心跳那样一下一下地剧痛，非常难受。整个人也昏昏沉沉的，无法思考，思维仿佛把脑袋凝固成一块巨大的岩石。他用力拍打着脑袋，似乎如果能把里面的东西敲碎，思维就能恢复敏捷，也就能想明白他怎么就成了卡在饿狼喉咙里的食物。

脑子里乱成一团，他已经不知道自己该思考些什么，是思考死亡？还是琢磨精灵？还是破解梦中那只会说话的狼所蕴含的暗示……

"快天亮了。"他安慰自己，"马上就要天亮了，一切都能看清楚了。"

他再一次放松下来，不过背部仍然很僵硬。

略过点滴细节，他开始客观地思考结果："不管那是什么声音，肯定是个危险的信号。"

* * *

发闷的胸口让他觉得度日如年，夜晚随着心跳一下一下地缓缓走向尽头。他目不转睛地盯着洞口和包袱之间的缝隙，突然发现前方出现了一丝亮光，伸手推开包袱，缝隙扩大了一些，能看到黎明还在打瞌睡，摇曳的光线依旧微弱，就像需要使劲儿吹气才能燃烧起来的火种。他告诉自己："天亮了，精灵会随着夜晚一起消失。狼还在，在等着吃掉我。"

他又把包袱稍微往外推了推，洞口的缝隙又扩大了一些，只见沉甸甸的云朵低垂在灰色的天空中。他调整了一下姿势，背部顺着洞壁往上蹭了蹭。风已经彻底停下来了，耳边只有胸口呼呼的喘气声仍然随着黏痰在气管里来来回回，一阵纯净的微风拂过，又让他咳了一口。开始呼吸微醺的空气，感觉灵魂中衰败的部分又重新复活了，甚至感觉微风让疲惫的身体充满了活力。

他把洞口缝隙扩得更大了一些，朝外放眼望去，想让纯净的空气弥合好灵魂的伤痕之后就离开这个洞穴，继续留在这里只会要他的命。在洞里待的时间越长，他的状况就会变得更加糟糕。现在，脑袋已经烫得像要沸腾了。必须尽快出去！如果继续留在这里，脑袋就要炸裂了。哪怕只是出去撒个尿也好啊。如果继续留在这里，毫无疑问，他又要尿在自己身

127

上了，他不是第一次干这种蠢事。

要出去……要出去寻找生路，寻找生活，寻找所有他失去的东西。曾经被抛在身后的快乐将回到他身边，不过是以另一种形式。他知道自己有能力在最丑陋的场景中发现美，有能力寻找到另一种远离人群的美好生活。是的，要出去……然而，对狼的恐惧猛地朝他袭来。"它就埋伏在上面。"他想象着那头狼正躲在莎草丛后面，舔舐着獠牙，伺机扑上来的画面，喃喃自问："我现在该怎么办？"

在一番漫无头绪的思考之后，他脑海里浮现出与狼决斗后的画面：鲜血直流，伤口溃烂，身体被埋在洞中……眼前只有两条路：要么继续蜷缩在洞里，直到伤口溃烂，然后死去；要么出去，被狼吃掉，也是死路一条。他反复琢磨着这两条路："要是我一直躲在这里，绝对是死路一条；要是我出去，也许会遇到狼，也许不会。"想到这里，他感觉自己在自欺欺人。尽管如此，还是继续想下去："就算我真的遇到了它，没准儿能打跑它，或者能顺利地逃走。"

他鼓足勇气，决心面对它了。嗯，一定要面对。他用手掌摩挲着包袱，心里盘算着："要是遇上它了，就用包袱裹住它脑袋，让它喘不了气，只有这个办法了。"他真的开始行动了，撅起屁股支撑起背部，准备往外爬。"现在是时候出去了。"他深吸一口气，迟疑了一下，想到，"它会把我撕碎的！"又停住了，随即恢复了原来的姿势。如果现在冲出去，不能给狼造成猝不及防，因为这个洞穴是向下倾斜的，并且越接近洞口就越狭窄。即使他全力动作敏捷地向外蹿出去，最好的情况也就是还没露出胸口就会被绊倒了。到那时候他就只能先把两边肩膀探出去，再让屁股经过狭窄的洞口，最后把双腿拔出去，依靠腿部力量支撑站起来。"这样一串动作下来还不够让狼把我咬好几口吗？"他又看了看外面，"有时候人们会死于轻率。好吧，谨慎一点是不会出错的，还是应该做些防备的。我得等到天亮了再行动。在这里已经平安度过整整一个晚上了，等到太阳升起来，就不会有任何东西能伤害到我了。那头狼没准儿已经放弃走掉了。狼讨厌阳光，也可能有个值更人经过这里把狼吓跑了，现在是值更人巡夜的时间。夏季临近的时候，值更人正是在这个时间为部落寻找充沛水源的。

* * *

世界的轮廓逐渐清晰起来。他挪开挡在洞口的包袱，看到曙光擦亮了大地的脸庞，天空中云层堆砌，带着迷人的深蓝色。再往前看，几步开外的地方，莎草像驼峰般耸立在右边。他能看到的最远的地方，又是另一丛莎草。

他深吸一口外面的空气，还没恢复正常的鼻子勉强能闻到一丝气味，那是清晨潮湿的露水味，混合着绿草的清香。四周一片宁静，似乎一切都静止下来。"现在出去吗？"他心想，"我在等什么？"虽然对狼的恐惧仍然笼罩在心底，但是一想到："要是一直这么小心谨慎就没法活着从这里出去了。受伤的臂膀已经开始发炎了，全身都会随着一起发炎溃烂的。"

他再次仔细观察洞外的情况，然后盯着洞口的缝隙发呆。一会儿安慰自己："所有危险都已经过去了，外面恢复风平浪静。昨天的沙尘暴让那头狼知难而退，放弃了吃掉我的想法，早就跑远了。昨晚的梦只不过是脑子烧糊涂了而已！"一会儿又警告自己："狼现在还埋伏在上面伺机进攻，尽管这只是没有确凿证据的直觉而已。"

他犹豫不决，现在到底该相信哪个？直觉告诉他狼还在上面，理智怀疑狼是否还在？为了是不是该出去这个问题，二者争辩不休。

理智：我会死在这里。

直觉：狼在我上面。

理智：我要用包袱闷死它。

直觉：它那血盆大口真可怕。

理智：我就要死了……

直觉：它正在舔爪子。

要命啊！

理智或直觉，一个就够了。他暂时叫停了两者的争论。因为它们的观点截然相反，并且彼此说服不了对方。他需要冷静地思考。

　　片刻之后，他决定了："我要出去！留在这里最后肯定是死路一条，出去被狼吃掉的可能性还是稍微小一些。"

　　想到这里，理智和直觉停止了争论。现在最安全的办法就是快速通过狭窄的洞口，而且是越快越好。他双腿像钉子一样稳稳地站好，准备猛地一下冲出洞去，跳上地面。在发力的一瞬间，他稍微迟疑了一下，仍然感觉狼还在上面。他撅起屁股再次准备用力跳出去，嘴里小声自言自语道："我要用包袱裹住它的脑袋，然后掐死它！"他觉得现在的自己，要么重获新生，要么即将丧命。就在他决心挪开挡在洞口的包袱，准备出去的瞬间，狼的四条腿赫然出现在眼前！

　　眼前的恐怖场面让他不禁捂住了自己的嘴，看着狼的四条腿从头顶上走了下来，他惊恐不已，眼珠子瞪得都快从眼眶里掉出来。视线随着狼的身体一起向前移动，迎着早晨的阳光，它那灰色的尾巴像被抹上了黑色。几步之后，狼的整个身体出现在他眼前，尾巴还在轻轻地摆动着。

　　此时，他有一种胜利的感觉。那感觉让他开心得整个人都要飞起来了，混合着死里逃生的庆幸与喜悦。然后，只见狼拖着它那左右摇摆的大尾巴，背对着这个正打算逃跑的人，继续朝前走去。他手扶着包袱，慢慢地把头探出洞口，目不转睛地观察着狼的一举一动：只见它先是消失在莎草丛后面，一会儿又从另一丛更远的莎草后面走出来，接着又消失，又出现，渐渐地越走越远。他一边盯着狼的举动，一边缓缓从洞里爬了出来，趴在洞外的莎草丛中，直到那头狼消失在远处高坡的尽头。

外面冰冷的空气让他不禁打了个冷战，同时似乎体内还有一股灼热在涌动。他迅速抓起包袱和弹弓，手脚并用地穿过莎草丛爬到另一边，并时刻留心不能碰到受伤的右侧臂膀。爬过大约石子掷出去那么远的一段距离，他站了起来，可刚走两步身体就失去平衡跌倒在地。

他双膝跪在地上，急匆匆地开始撒尿，同时警惕地环顾四周。一股长长的热流斜洒在地面之后，他终于让膀胱卸下了重负，地面上那一片深黄色很快就被沙土吸收了。排泄过程中，他不时发出一阵热切的呻吟，排泄畅快的感觉不亚于久旱逢甘霖的幸福。如果再憋上一阵子，那可真让人活不下去了。

撒完尿，卸下了体内那汹涌澎湃的重担，身体都轻盈了不少，甚至感觉自己可以腾空飞起。这时，他觉得口渴难忍，草草地在私处抹了一把沙子算作清洁，便打开水袋猛灌起来，一股活力开始从肚子延伸到全身各处。他继续豪饮，直到被突然的咳嗽呛了一口水，咳了一阵，又喘了喘气稍作休息，接着又继续痛饮。他快活地自言自语起来，就像在跟旁边的同伴说笑："只有活人才撒尿喝水啊！"他清脆地大笑起来，又被一阵咳嗽打断了。

他看了一眼受伤的臂膀，发现袖子被抓破了好大一块，上面沾有大片血迹。从袖子的破口处往里看，狼爪留下的伤口把他吓了一跳，四道伤口上覆盖着已经干涸的黑色血痂，外面还包围着一圈深青色的皮下瘀血，已经发炎肿胀了。

"得赶快处理伤口。"他告诉自己，不过又四处看了一下，身旁布满了交缠繁复的莎草丛，那头狼随时可能从中冲出来向他发起进攻，于是补充道，"但是，我得先离开这里。"

他再次站起来，勉强控制住身体的重心，然而大小腿的肌肉都是麻木的，刚迈出一步就又跌倒了，然后又咳个不停，直到吐出一口深绿色的黏痰。他左手拖拽着包袱，在重重的莎草丛中匍匐前进，不一会儿便累得爬不动了。他感觉自己应该躺在地上歇息一下疲惫的身体，便搂着包袱躺了下来。他的目光在天空中驰骋。"这不是幻觉。"看到云朵簇拥着散发出光彩，他想，"它刚才真的在我上面，埋伏着，等着我探出头去。我当时的预感都是真的……哎，要是那一瞬间我毫不犹豫地直接冲出去了会怎么样？要是我笃定地认为它在沙尘暴开始的时候就离开了，就像我之前理智分析的那样，又会怎么样？哦……赞美真主。"一阵感慨涌上心头，他觉得现在终于成了自己的主人，可以无拘无束，随心所欲，自由自在的呼吸了。

但是，那该死的狼是不会轻易罢休的，不会停止继续追杀他的，战斗尚未结束，太阳落山之后它肯定会回来的，追踪着他的气味，直到赶上他。"怎么办？"他喃喃自语。距离舅舅们的部落有一天的路程，距离内夫得村有两天的路程。他想了想，就算全世界的狼都在追杀他，也绝不能再回到舅舅们那边了。那么……就去内夫得村吧。"这意味着我得提前做好准备，应对它的下一次进攻。我得为弹弓捡些小石子，再收集点锋利的石块，到时候把它打个落花流水。"

他随即又感觉到，由于自己现在身受重伤，很可能在下次对战时抵挡不住饿狼，于是，情绪马上低落下去，浑身就像泄了气的皮球一样。"哎……我受伤了！"他低声说道，"我对付不了它的。"

他又站了起来，踉踉跄跄了几步，努力稳住了身体，再慢慢往前迈步。他意识到自己和以前不大一样了，因为刚才自己在认真考虑怎么对付狼，以前他可不敢和任何生物正面对决。"狼。"他小声念叨着，一股挑战的刺激迅速扩散到全身，将体内积累的那股灼热一扫而空。

天边雷声轰鸣，厚厚的乌云就像是灰色的丝绸飘浮在空中。

他穿行在茂密的莎草丛中，左右躲闪，尽量避开带刺的植物，但是枝条上伸出来的刺还是难免刮到两只脚。他竭尽全力地找路，好让自己早点回到迷路之前的那个地方。

"可是到底朝哪里走？"他想。这时，乌云遮住了太阳，他没办法确定自己的方向，环顾四周，而后又向远方眺望，希望能回忆出一些有用的信息。思考片刻后，他决定"无论如何都得继续走下去"，然后一个劲儿地咕哝道：

"迷路是不知道前进的方向，迷失是不知道自己要做什么。"

他又检查了一下伤口，肿胀发炎使得臂膀越来越疼了，必须马上处理，不然炎症蔓延到全身就没命了，需要赶紧找一些洋甘菊和苦艾。

真是事遂人愿，他刚想到这里，就发现在前面几步远的地方长着一大片苦艾。他走上前去，扯下一把叶子放在嘴里大口地嚼了起来。苦艾的叶子嚼起来散发出一丝清甜的味道，他把汁液吞了下去，然后吐出叶渣。这些汁液可以消除伤口的炎症，缓解胸口的不适。

这个过程重复了两遍。服用了足够量的汁液后，他终于放心了，随后扯下几根带着叶子的苦艾茎秆，放进包袱，继续赶路。

刚开始的时候，他感觉连抬腿迈步的力气都没有，直到吃了八颗椰枣和两块干酪，给身体补充了足够的能量，才恢复了些力气。但是他感觉自己还是非常虚弱，走起路来身体轻飘飘的。他就这样摇摇晃晃地一直走到路面平坦开阔的地方。在微风的抚慰下，眼前密密麻麻的野菊花聚集在一起，黄色的花冠摇曳生姿。远处传来百灵鸟的叫声，仿佛在和他打招呼，一种从未有过的平和氛围笼罩着他。要不是天空阴沉下来，他真想把拼命赶路的事抛在一边。这里乌云密布的景象也很迷人，点燃了他体内能量之火，还有一种莫名的东西也随之熊熊燃烧起来。

周围的一切似乎变得更加舒展了。天空分外辽阔，大地一望无垠，就连远处景物的细节都能够看得清清楚楚。他甚至觉得十根脚趾都比以前岔得更开了，踩在地上感觉格外地舒服。他一边提防着身旁那些带刺的植物，一边回忆着昨晚在那个洞穴里的经历。对他而言，那是人生里重要的一课。他体会到：环境可以影响呼吸——狭窄的空间会导致呼吸困难，而开阔的地方会让呼吸变得顺畅。连他自己也搞不清楚，昨晚那种令胸膛发堵的逼仄感去哪里了？难道在从洞里逃出来的一刹那也随之消失了吗？就像嘴是肚子的入口一样，毫无疑问，眼睛是胸膛的入口，也是他看漂亮姑娘的动力源泉。因为在欣赏漂亮姑娘的时候，他的眼睛像是水桶被投进水井里，井里美丽荡漾，欢乐满溢，他把水桶拉回来，桶里面便装满了欢乐和满足。他的心沉浸其中，胸膛便舒畅起来。因此眼睛成了容器的入口，人们向里面注入美好，然后胸膛愉快地喝下。如果看到丑陋，胸膛则会感到憋闷。或者说，一旦感到憋闷，一定是因为看到了丑陋。丑陋有很多种形式，也许是卑劣的品行，也许是难听的声音，也许是轻浮的举止。美好和丑陋分别联系着人们内心的喜悦与苦闷。不过，有些疑惑他还是没有找到答案：在有些情况下，为什么事物的美好会消失殆尽，甚至变成了丑陋？这是在他受到生命威胁，身陷危险时发现的；在有些情况下，为什么丑陋的事物会变得格外美丽精致？这是在他经历过危险，摆脱了生命威胁之后体会到的。他挠挠头，感觉思考这样的问题需要在漆黑的夜里才能想出答案来，就像昨晚洞里的漆黑一样。他愿意让头脑思考这样深奥的谜题，这让他更加理解生活，更加洞悉世间的真相。

他停住脚步，一边拿出水袋喝水，一边环顾四周。

他感觉眼睛看到的世界不是一成不变的，它会随着心情的不同而发生微妙的变化。这不是意味着眼睛会"欺骗"自己。"欺骗"——每次一想到这个词，他都会觉得从中看到了整个世界。他继续赶路，脑子也转得飞快，信马由缰地思考脑海里闪现的各种问题。他又想到："我怎么可以确定自己此次此刻不是在梦中呢？做梦的时候，人们认为梦境就是真实的世界，就像在所谓清醒状态下所见的世界一样。""死？"他一边抬腿跃过沙拐枣粗大的枝干，一边喃喃道，"这个世界上还有太多问题没有想明白，我得在搞清楚这个世界到底是什么样子之后再死，或者我继续活下去，不要再想那些疯狂的问题，把眼前这些都当成是梦境，就这样稀里糊涂地过完余生。然而，我为什么会产生这些疯狂的问题，它们是从哪里冒出来的呢？不，这些都不重要。现在最重要的是集中精力想出从狼口里逃生的办法。只要活着，我就有大把的时间去解决那些疯狂的问题了。"

太阳的光芒穿过乌云间的空隙，一缕一缕地，照亮了大地。阳光洒在眼前这片荒野上，越往前脚下的植物越繁茂，地面从沙子的浅白色慢慢变成浅绿色，然后随着草木茂密而逐渐加深。他继续埋头赶路，时不时地抬头远眺。不一会儿，他发现鼻子的嗅觉稍微恢复了些，因为可以闻到空气中飘来的薰衣草香。他觉得这是那些苦艾叶子的汁液发挥了药效，伤口的疼痛也有所缓解。体温也降下来了，不再燥热难耐，甚至觉得冻得牙齿打颤，而这可不是他想要的。

他又一次把目光从远处收回，突然失声大喊道："真主啊！"——一具男尸悚然进入眼帘。

这具男尸，四肢僵硬，面容死灰，一副在痛苦挣扎中死去的模样。虽然尸体就横在沙丘旁边，但是由于周围被带刺的耐旱植物包围着，昨夜的沙尘暴没能把他掩埋起来。

对死尸的恐惧让他无法稳住自己的身体，腿一软，瘫倒在地。他担心凶手就在附近，环顾四周，发现周围一切平静如常，并没有什么可怕的。他朝尸体爬了两步，近距离仔细打量。死者是个年纪轻轻的小伙子，虽然表情痛苦，但从胡须上还是能确定大致年龄，约莫二十岁的样子。死者的躯干部分被埋在沙子里，只有脸和两条已经变得僵硬的小腿露在外面。

他坐下来，盯着这具男尸端详半天，等到恐惧渐渐散去，又往前爬了两步，直至坐到死尸的脑袋旁边。没闻到腐烂的气味，所以他猜这个年轻人应该是今早黎明时分才断气的。黎明，死在这个时间，有点出人意料。

不管心情如何，活人脸上总会焕发出一种光泽。他打量死尸扭曲的脸庞，发现光泽早已荡然无存。死人没有什么可怕的。他心想，死亡就是生命的尽头，最后一滴生命都从灵魂的皮囊中流逝了。

"这就是死亡。"他像在和尸体聊天一样，带着安慰的语气说道："我们每个人都会死的，没有人能永远活着。"

他心想："现在这只是一具尸体，只是一具尸体而已。死了就不再有这个年轻人了，死亡抹去了死者留在世上的所有印记。面前这个失去生命的身体和沙土没有区别。至于死去的这个人叫什么名字，死前是做什么的，只有生前认识他的人才知道，但是这些也会随着时间慢慢流逝而被淡忘。此刻，这个年轻人去哪里了？是在另一个世界苏醒了吗？他会不会以为是睡觉做梦梦到自己死了？或许他的灵魂已经去了真主那里，得到了真主的格外奖赏？"

他环顾尸体的四周，想找出这个年轻人的死因。如此孤零零地死去，真是不可思议。他举目四望，在尸体附近没有发现异常，又返回来在地上反复搜寻，然而沙尘暴早已抹掉所有痕迹。

他卸下肩头的包袱，凑到尸体跟前，用手清除覆盖在死者胸口的沙土。尸体完好，上身穿着件皮袄。左右掀开皮袄的前襟，他简单检查了一下尸体，并没有发现什么刺伤或咬伤的痕迹。他看着死者一脸痛苦的表情，自言自语道："为什么这么痛苦，死亡很痛苦吗？"宰班的脑海里突然浮现出穆特艾布的脸：当他倒在池塘边时，极度的痛苦使他面部肌肉扭曲；当他停止呼吸后，脸上表情还是痛苦的。

他看了看压在死尸身下的那部分皮袄，觉得还不错。于是，他抬起尸体的上半身，把死者的两条胳膊从皮袄里抽出来，然后费了很大力气把皮袄从尸体身下扯出来。接着，他发现尸体侧面的腰带上还别着一把匕首，外面裹着一块破布。他把匕首抽出来，扯开破布，发现它已经生锈了，刀柄的位置缠着一片破皮子，刀刃看上去很久没磨了。

"刀口还很锋利，是把真正的匕首。"他把它放进包袱里，然后像是在死尸前为自己辩解道，"看天气马上就要下雨了，接下来这里会变得很冷的。皮袄对你已经没什么用了，但能帮我御寒。毕竟活人比死人更需要皮袄。"

他抖了抖皮袄上的沙土，仔细查看着，外面缝了三块补丁，里子被划了一个两拃长的口子。与所有死人留下来的东西一样，一穿上这件皮袄，他就感觉这上面附着着死者灵魂中的某种东西，经过很长时间都不会散去。

离开之前，他觉得自己应该向这具尸体表示感谢。只是他实在没有力气也没有时间去埋葬他了，更没有什么东西可以留下来送给死者的。

于是，他抬起双手对死尸行了个礼，说道："愿真主给你的脸上增添荣耀与光辉。"然后就继续赶路了。

* * *

他继续前行，经过一大段上坡路到达一片海拔较高的平地，然后又走了很长一段时间，遇到一个下坡，接下来穿过一处洼地。最后，他在另一片较高的平地上停了下来。

他确认没走错路，这是在参考了三重石卦[4]之后得出的这个结论。离开那具尸体后不久，他发现了三重石卦，堆砌在相互距离很近的三个不同地点。据说只要让石卦始终保持在你的北边，一直往前走，就能到达内夫得。

他觉得自己疲惫不堪，随时都有可能倒下。一旦倒下，就可能再也爬不起来了。但是他不能倒下，必须继续赶路。现在，他感觉心脏不是在跳动，而是在虚弱地颤抖，仿佛命不久矣，就像早上发现的那个死去的年轻人那样。

在路上，他看到一株洋甘菊，顺手摘下来放进包袱里，继续赶路。现在他想找一个安全的地方，让自己虚弱的身体可以暂时休息一下，同时还要避开那头凶残的狼。

他已经累得上气不接下气，嘴里还自言自语着："在这个……地方……有很多……人家……但愿我能……找到一户……"稍微调整了一下呼吸之后，开始悲哀地祈祷："真主啊……您是那么……强大……您是那么……慷慨……我……我是您的信徒……我信仰您……真主啊……"

又一次嚼了几片苦艾叶之后，他感觉稍微有点力气了，可是这种感觉很快就消失了。他不再说话，一味地埋头赶路，

---

[4]石卦：游牧民族把石头堆积在一起，用来作为指示方向的标记（译者注）。

长时间的跋涉已经令他疲惫不堪了。他张开嘴巴，大口大口地吸气，胸口不停地嗡嗡作响，感觉肺里充满了空气，把积存黏痰的空间挤压得越来越小。"主啊！"他想自己这个虚弱的身体可能支撑不了多久了，喃喃道，"主啊，给我一个收容我的人家吧。"他稍稍喘了口气，继续咕哝："要不一个洞穴……大一点的……这回。"

　　原野的地势越来越高，四处散落着大量尖锐的石子。他提防着脚下崎岖不平的路面，小心翼翼地赶路。预感到在这片原野的尽头能找到一个安全的地方歇歇脚，他强忍着伤口的疼痛和硌脚的石子，加快了脚步。

　　第一滴雨落下，滴在他身上。从清晨开始，天空阴云密布，一直干打雷不下雨。下雨会让他的处境更加糟糕。此时天阴得更重了，他不知道白天已经过了多久，也不知道黑夜什么时候降临。

　　走到原野的尽头，他看见内夫得红色的沙丘像舒适的床垫一样横卧在远处。如果朝着这些沙丘走过去，就能到内夫得村了。

　　他现在迫切想要坐下来休息休息，喘口气，可是又担心一旦坐下来短时间内无法继续赶路，于是自己竭力控制着这种想法，下定决心只有到了安全的地方才能停下来。

　　他一边走一边祈祷："力量……真主啊，给我力量吧……

让我振作起来吧。"扭头向右边看了看，发现原野后面地势低洼的地方散布着一片柳树。虽然这些树不在他的原定路线上，但是离得不远。除了柳树林，没有其他什么可以歇脚的地方了。那片洼地地势相对平坦，柳树彼此间隔较远。再向前是一个向下的缓坡一直倾斜至河谷，尽头是一条沟渠，两旁矗立着巨大的石块。

这是一个难得的地方！如果狼前来袭击，他就爬上一棵树，等打败狼以后再下来。这个地方既可以让他休息一下，缓解身体的疲劳，又可以防御恶狼，不会有性命之忧。

他看来，这些柳树就像老态龙钟的精灵，披着又长又密的头发，疲态尽显地东倒西歪。他选中了离得最近的一棵，因为它与其他的树大不一样，高大挺拔，在离地大约七尺高的地方分成两根粗壮的树干。向西生长的那根树干再分出两根枝干，向东生长的那根树干又斜斜地发出三根枝干，整棵树共有五个主要枝干。他注视着面前这棵高大的柳树，枝繁叶茂，郁郁葱葱。到底是哪来的力量让它战胜这里的贫瘠和干旱，他不得而知。

他脱下皮袄，放下包袱，告诉自己："就在这里休息吧。"然后就枕着行李躺下身来。

刚躺下不一会儿，就又起来，他要找石子来研磨洋甘菊叶汁给伤口上药。周围有很多石子，他选了最近的两块，虽然这两块不是很理想，但离手边最近。他挪动身体，以便能伸手够到这两块石子————一块又大又锋利，另一块小一些。他专心致志地研磨着洋甘菊小小的绿色叶子，直到叶片从碎末变成了黏稠的膏状物。他咬住右手的袖口，用匕首把袖子割了下来，从中间撕成两片。然后他先从水袋里倒了一点水淋在伤口上，再用颤抖的手指蘸着黏稠的绿色汁液涂抹四条伤口。起初，只要轻轻一碰伤口就是一阵钻心的剧痛，不一会儿洋甘菊的汁液发挥了镇痛的作用，他就能够相对平静地给伤口来回涂抹汁液，最后甚至感觉伤口处有点痒痒的。涂完汁液，他用撕下来的一片袖子小心翼翼地包扎了伤口，并且注意不能把伤口压得过紧。

这片柳树林就像是一百年前专门为他种下的一样。不，不光是这些柳树，就连那个洞穴也像是专门为他挖好的一样，他感觉真主在关照庇护着他。

他把包袱和皮袄搭在肩膀上，吃力地往树上爬。一开始脚有些打滑险些摔倒，他及时稳住身体，再顺势向上一蹿，抓到了树干上一处突起的桩子————那好像是一根树枝被砍后留下的。刚开始因为身体虚弱，行动有些不利索，后来他还是挺起身体继续攀爬，直至到达那三根向东生长枝干的位置。他刚爬到那里就下起了毛毛雨，乌云似乎特意等他到达之后才开始下雨的。终于舒了一口气，他叹道："主啊，感谢您！赞美您！"

他取出包袱里剩下的苦艾茎秆，摘下叶片塞进嘴里咀嚼起来，然后连汁液带渣滓都吞进肚子里。

气温迅速下降，他冻得浑身不停地发抖，就赶紧披上了皮袄。

他在树枝间躺下来，手托着脸颊枕在包袱上，双脚自然地从树枝间垂下来。他感觉这个地方是冥冥之中安排好的，一切都恰到好处。

整个世界似乎都被舒适与睡意笼罩……于是，他睡着了。

第三章

　　在睡梦深处，耳边飘荡着一个声音，这让宰班的意识一下子跨越到极度清醒的状态。随后，一段歌词伴着拉巴卜的旋律响起：

　　从清晨到夜晚，
　　有多少狼饱食了猎人的血肉，仍然饥肠辘辘。
　　宰班啊，如果狼饿着肚子来到你面前，
　　你就献出自己给它做顿晚餐吧。

　　宰班啊，狼！
　　宰班啊！
　　宰班！

　　此刻，沙漠覆盖着沉沉的夜色，卧在睡梦中。层层乌云渐渐散去，空气仿佛停滞了。寂静开始吞噬这个地方，只剩下雨水从树枝滴落到湿润地面上的声音。

皮袄湿透了，皮袄里面的衣服也湿了，他被这些真真切切的感受拉回现实。一回到现实便感到身体发冷，两条垂下的腿沉沉的，脚掌胀胀的。

宰班啊……

这个声音并非来自梦里。虽然疲倦和睡意压得眼皮沉沉的，但是他还是努力睁开双眼。眼前的世界一片黑雾，还混杂着一些苍白。等了好一阵子，眼睛才适应黑暗，他逐渐看清了眼前的景象。

首先映入眼帘的是一个地面上隐隐约约的影子，那是柳树树干的阴影，影子外边包围着惨白的光。树影摇晃着，低语着。他知道自己疲惫的大脑还没反应过来，就盯着地面又看了一会儿，方才注意到这棵柳树后面有个火堆，歌声随即飘到耳旁：

伟大的主啊，他迈着脚步向前走啊。
我的主啊，让果腹之物自己来到我面前吧。

他意识到这不是梦，赶紧坐起来，挺直身板往树后看了一眼，发现那里有一团熊熊燃烧的火焰。那是一个柴火堆，不大不小，柴火周围还围着一圈石子。

他寻思："谁生了这堆火？"

突然，那个声音开始呼唤他的名字：

"宰班啊。"

他吓得下巴打颤。这个声音似乎非常确定他就是宰班，甚至都能猜透他的心思。他循着火光看过去，想要找到那个声音的主人，却什么都没有看到。

"宰班。"

声音再次响起。这次声音来自四面八方，像是从远处传来的回声。他呼吸紊乱，心跳加速，两眼快速地在周围这一片沉重的黑暗中搜寻声音的来源。

"宰班。"

这次声音从树的右边传来。

"我……我在……，你……你……你是谁？"

他磕磕巴巴地应道。

"哈哈……"

这个声音大笑起来，说道：

"我是谁不重要，你是谁也不重要。"

他吓得浑身颤栗，像筛糠一样哆嗦起来。这个声音不同寻常，像是两块金属摩擦的声音，话音结尾还带着一种铃声，虽然是人类的语调，但发音很恐怖，仿佛声音主人的嘴唇重得抬不起来。

他想起一个传说——柳树林是精灵开辟的牧场——便更加惊慌了。

那个声音在他的右耳畔再次响起：

"宰班，别害怕，我不会伤害你的。"

他的声音被恐惧撕碎了，艰难地嗫嚅着：

"你……你……你是谁？"

"不分什么你我，只说我们，宰班。"

他的呼吸变得极度紊乱，恐惧仿佛要撕破胸膛，掏出心脏，灵魂也随之痉挛不已。

"你是怎……怎……怎么知道我……我的名字的？"

"哈哈哈，你自己说的你叫宰班。"

他突然感觉嗓子发干，干得像一口枯竭的水井，虽然偶尔冒出一丝口水，但是咽下去之后嗓子依旧干得冒烟。

羞涩的火光照耀范围之外是层层密布的黑暗，但那并不是彻底漆黑一片，他仍然可以看到远处的半空中有一条黑乎乎的线，那是黑云密布的夜空与同样漆黑一团的地面交界的地方。

他伸手从包袱里掏出了匕首，紧紧地握着，像抓着逃生的法宝。那个声音停止了讲话，四周突然陷入一阵死寂。他甚至怀疑自己是否真的听见过什么声音，就将此归咎于身体里那股该死的灼热把脑子给烧糊涂了，并且不断宽慰自己。

在他几乎快要放下心来的时候，火光再一次在他眼前摇晃起来，树影中夹杂着另一个影子。他这才确定，身边还有另外一个存在。

他心想："这是幻觉吧，一定是我的幻觉，这不可能的。"

那个声音又回来了：

"你不记得了吗，你不是在洞穴里跟我说过，你叫宰班，是大英雄哈耶卜的儿子？"

他像是从天上坠入了无底深渊，脑子乱成一团……这个声音是真实存在的。这个声音该不会是……该不会是……那头狼的声音？

"是的，宰班，我就是那头狼。"

那个声音说道，余音在他耳边不断环绕，就像蛇抓老鼠那样不断包抄：

"不过你别害怕，在洞穴那边发生的事情已经结束了。现在我们之间已经不存在敌对关系。我用生命向你发誓，我不会伤害你的。"

他好像一个字都没听懂，现在发生的一切超越了他从老婆婆们那里听过的所有稀奇古怪的故事。他开始跟各种疑惑作斗争，这些疑惑在脑子里仿佛就要炸裂了。他只能将眼前所发生的一切解释为精灵的诡计。他快疯了，真的，马上就要疯了。精灵会先戏弄他，等到厌烦了，便用它那对疯狂的犄角折断他的骨头，碾碎他的关节，这是它一贯的伎俩。

突然间，那头狼从黑暗中朝他走来，走到一片光线微弱的地方停顿了一下。他看到它时，吓得头发都立了起来，胸口好像被哽住了一般。他赶紧吸气，似乎想把飘离身体的魂魄重新吸回来。他双手抱着脑袋，竭力不让自己失去理智，不断告诉自己眼前经历的一切不属于这个世界……不属于过去，也不属于可能存在的任何世界。

狼用两条后腿走过来，就像人一样。随后它站在树下，抬起头直视着他。

他的精神已经崩溃了，头脑只能勉强思考片刻。他告诉自己，就是它！就是在梦里见过的那头狼！在火光的照耀下，狼的影子投射在地面上，这辈子从来没见过比这更恐怖的场景，在他眼里，即便是那天侯密丹锋利的匕首，也没有一头像人一样站立的狼的影子可怕！把那些精灵鬼怪的故事全都加在一起也比不上他现在所见的一切！

他发出一声惊悚的尖叫，撼动了笼罩在这里的一片寂静：

"真主啊！"

他的双眼仿佛被一团白雾遮住了一般，白雾越来越浓稠，视线也就越来越模糊，一阵天旋地转随之袭来。他的身体左右摇晃，差点因为抓不住树枝一头栽到地上。他意识到如果摔下去将会以惨不忍睹的方式死去，幸好最后关头还是撑住了身体。

眨眼之间，狼转身遁入了黑暗中，只留下他倍感惊怖，似乎有无数条蟒蛇在头顶盘旋缠绕，整个人像快要断气了一样，浑身控制不住地颤抖，两眼瞪得很大，面部肌肉绷得越来越紧。每一个可怕的瞬间闪过都像毒蛇在他脑中喷射着恐惧。

"不，不……我……我……我是在做……做……做梦，"他喉咙里断断续续地念叨着，"我……我……我病了，在做梦。"他用拇指按了一下匕首的刀尖，刀尖扎进肉里，实实在在的疼痛告诉他这不是幻觉。他又继续挣扎着，企图说服自己看到的不是真实存在的。双眼在四周无边的黑暗中飘忽不定："我在做梦，以我母亲的脑袋发誓，我一定是在做梦。我发烧烧糊涂了。是我点的柴火。除了我以外，还能有谁点火呢？没人！是的，我在做梦。我只是病了，过会儿醒来就好了。我会醒的。"

"别怕。"

那个声音在他面前低声说道。他被吓得蹦了一下，屁股不由自主地往后挪，差点摔下树，幸亏抓住了另一根树枝才稳住。

"我以山神和天空之神的名义向你发誓，我不会伤害你。"

随后那个声音又用悲伤的语气继续说道：

"我只是一头孤独的狼，你不也跟我一样孤零零的吗！"

"呃……呃，你想要什么？"

他磕磕巴巴地说道。

"我想……"

狼再次从黑暗里出来，慢慢踱到光亮的地方，继续说道：

"我想做你的朋友，只要今天一晚就够了。"

它面带友善，一张狼的脸上竟然带着类似寻求和平的人类表情，然而这并不能缓解他内心的恐惧。

"我以主的名义向你发誓，我对你没有恶意。"

一瞬间，他的头脑停止了思考，回想起过去的种种经历、学过的全部本领、听过的无数故事、做过的每个梦、想过的所有念头，努力想用毕生所知来抵御这种疯狂野蛮的攻击，因为这种攻击正企图掏空他的思考能力。

狼会说话，这事本身就不可思议。想到这里，他马上开始心里盘算如何让自己捋清思路，想出对策。下巴还在打颤，身上的寒意也没褪去，内心的恐惧依旧如影随形。他仔细打量着狼，确实是一头该死的狼：两颗獠牙从嘴下伸出，地上的影子也的确是一头两腿站立的狼。精灵是可以变成狼的模样，但它的影子不能变成狼的模样。

他心想："这分明是我昨晚做的那个梦。那我现在还在做梦吗？我现在还在洞穴里吗？"

他再次用手指按了按刀尖，又被扎疼了一下。

"你别激动。如果你害怕，那不如……"

他抢过话头：

"狼……狼怎么会说话？"

狼用开玩笑的口吻回答：

"发出声音，再动动舌头就行了。"它笑了一下，继续说：

"谁说狼不能说话了？"

"没有。不过也没……没听说过有……有人和狼说过话啊。"

"就算以前没人和狼说过话，也不能证明没有会说话的狼。"

他俩陷入沉默，周围安静极了，只剩下雨水从树叶上轻轻滴落的声音。虽然他没有之前那么恐惧了，可是仍然心乱如麻："一头狼居然会说话！还会像人一样用两条腿走路！还说要跟我做一晚上的朋友……要么是我在做梦，要么是脑子被烧糊涂了，要么是精灵对我施了法术，把我变成疯子，要么……要么眼前这一切都是真的！"

他清楚地感觉到肩膀上伤口的刺痛，于是隔着布片轻轻摸了摸。

从来没有过类似这样的感受，时间就像被眼前的恐怖凝固了一样，让他不得不相信太阳再也不会升起来了。他感觉自己将永远被囚禁在这里，在这个漆黑的地方，和一头像人的狼在一起，直到真主对人们进行清算的那天，或者直到他从现实生活中醒来。

换一个思路，接着想："也许这就是死亡！"他深吸一口气，把手放在心脏的位置。"也许我已经死了，"他瞪大眼睛看着狼，继续自言自语，"这就是我害怕的死亡。"

脑海里，翻腾的各种思绪中突然冒出一个念头："我死在洞穴里了吗？唉，还没从洞里出去呢。"

他突然有一股想要痛哭的强烈冲动，不由得问狼：

"我已经死了吗？"

狼看着他，似乎没有听懂问话。

于是，他又重复道：

"回答我，我……我已经死了吗？"

他抽噎了一下，颤抖着低声说道：

"我已经没命了？告诉我，没事的，我知道我已经……已经死了。你告诉我，我是怎么死的……在洞里吗？我是在洞里死的吗？你怎么在这里，是你杀了我吗？说吧，别不出声。"

"好吧，说实话，我也不知道。"

狼开口了，但是他没听明白。它继续说：

"我不知道我们，也就是你和我，现在是活着还是死了。没有明确证据。我能告诉你的就是，我们今晚一起在这棵树下。别的我什么都不能证明。不过，你放心，你昨天早上就已经从洞里出来了。"

狼踱到火堆旁，搓着两只爪子。

"晚上很冷，过来烤烤火吧。"

他哭了起来，低声哽咽着，再次回想起所发生的一切，努力想搞清楚这到底是怎么回事。现在一切的遭遇是因为自己是个懦夫吗？懦弱能让狼说话吗？懦弱能让狼像人一样用两条腿走路吗？不……他亲眼见到这样一头狼，证明了两点：第一，他看得见；第二，狼真的在眼前。至于看见眼前的这头狼会说话，这是另一码事，证明他已经疯了……看见从未发生过的事情，这是多么疯狂啊。眼前这一切是多么令人难以置信，一头狼用一口流利的阿拉伯语，讲了很多话……是不是诗歌缪斯在捉弄自己，抑或是自己真的已经死了？

他绝望地意识到，相信真的有一头会说话的狼比怀疑自己是否活着更好些。因为在他看来，死亡就是人不知道自己是活着还是死了。他决心要细细体验这其中的每个时刻，不管有多疯狂，眼前发生的一切都是真的。

狼坐在一旁，往火堆里添着柴。他继续思考着："为什么没听过别人遇到过这样的事？"想到这，心头不禁泛起一丝丝的骄傲，也许他和狼的故事会成为老婆婆们口中的经典传说，就像祖威比和女精灵的故事那样，甚至会更出名。老婆婆们也许会添油加醋，平添更多奇趣的内容，夜晚会因为有这么离奇的故事变得不那么难熬。"我的朋友是头狼。"他想象着如果自己的故事变得人尽皆知，大家会给他取什么绰号呢？人们会说，谁来讲讲"狼的朋友宰班"的故事？可惜的是，身边没人可以帮他讲出这个故事了。如果从故事主人公自己的口中讲出来，只会遭到人们的反驳，至少是会被质疑。

他又瞥了狼一眼，然后自己给自己暗中打气，此时恐惧还一直不停地噬咬着内心："我只要在这里，它就不能靠近我，它要是敢来试试，我就捅它一刀。"

他鼓起勇气问道：

"你叫什么名字？"

那时，狼好正背对着他，没有转过身来，回答的声音却响彻这片地方：

"我的名字叫狼。"

它在地上的影子动了动，就像在为刚才的回答作担保一样。

他接着问道：

"我知道你是狼，你的名字是什么呢？"

狼一边用长长的柳树枝拨弄着柴火，一边说道：

"我的名字就叫狼……所有的狼都叫这个名字。"

它转向他，脸上带着友好的表情："我看你没那么害怕了，过来吧，从树上下来，我们聊聊天吧！朋友，天亮之前，别怕我，我保证过不会伤害你的。"

"我不会下来的。"

他说道，手紧握住匕首。

"好吧，随你。你要是觉得在上面待着舒服，我就到你那里去。"

狼慢慢地起身，轻松地爬上了树，就像一个有着几千次爬树经验的老手那般娴熟。他顿时大叫起来：

"你想对我做什么？……离我远点儿……我会杀了你……我有匕首……你看！"他全身都在惊恐地颤抖。

当狼凑到跟前，他最后大喊了一声："真主啊！"接着视线再次淹没在浓稠的白雾之中，耳朵除了嗡嗡的噪音什么都听不到了。

* * *

当浓雾从眼前渐渐散去，视线逐渐清晰，一张狼的脸清楚地在他面前，离他的脸很近。宰班发现自己躺在火堆旁，和狼之间没有任何阻隔，随时都可能成为它的果腹之物。他顿时吓得抖如筛糠，挣扎着爬到树干旁边，狼也紧跟着他走过来。他带着哭腔喊道：

"放过我吧……求求你别吃我……你到底想对我做什么？"

狼靠过来，用略带责备的口吻说：

"别怕，别怕！我向你发过誓绝不伤害你的。你怎么了？差点从树上摔下来，要不是我抓住你，你就摔下来了，摔断了脖子就真的一命呜呼了。宰班，如果我真想吃你，干嘛要等到你从昏迷中醒过来？难道这一切不足以证明我根本不想伤害你吗？现在别怕了，过来吧。"

恐惧加快了他心跳的速度，大量血液涌进心房，仿佛要把心脏撑大到占据整个胸腔，呼吸都变得有些困难了。脑海中的思绪如同沙尘暴过境，大风吹来的沙子迅速堆积，几乎将理智全部掩埋。

狼回到火堆旁，留下宰班独自沉浸在疯狂的思绪之中。他喃喃呓语道："不……我是在做梦……做梦而已。"

过了一会儿，狼在一旁喊他，让他赶紧恢复理智，别再愚蠢地自言自语了，并且又提醒他，如果真的想伤害他，根本不会等这么久。然而，这些解释仍然没能让宰班摆脱恐惧，反而带来了越来越多的飞沙走石在他的脑海中呼啸，害得他脑袋越来越沉。他双手抱着脑袋，肩膀倚着树，身体其余部分就瘫软在湿润的地面上。

狼再一次用山神和天空之神的名义发誓，这回又加上了血神的名义，并且提醒宰班，一旦用血神起誓，世界上任何一头狼都无法摆脱它违背誓言后的死亡诅咒。它告诉他：自己是一头狼，而不是鬣狗。狼是不会背信弃义的。它继续安抚着惊魂不定的他，直到宰班最后开口了：

"那么，你不会吃我的。"

狼带着温和的微笑答道：

"宰班，我不会吃你的。"

宰班慢慢地凑到火堆旁，看着眼前的这头狼，它像一位仁慈的部落谢赫一样坐在那里。他脚步迟缓，这并不是因为提防。他想明白了，即便狼真的对他有歹意，自己也无法从这层层漆黑的夜晚中逃脱，甚至连挣扎都显得毫无意义。他不得不接受面前的一切。好在幸运总是眷顾他的，每次危机的最后关头他都能化险为夷。自从被舅舅们赶出去以后，包括在那之前，每当性命攸关的重要时刻，真主都给予他足够的庇护，甚至在他尿到自己身上的时候，尿也帮了他一把。要不是当时被吓尿了，他不会活到现在，也不会见到一头会说话的狼。

他在狼的对面坐了下来，一串串跃动的小火舌把他俩隔开。火焰散发出温暖的光，轻轻地撒在狼那毛茸茸的身上，给它粗放的外表增添了几分柔和。火舌下面的炭闪闪发亮，妖娆得让人无法挪开视线。

他仔细观察着对面这头狼：一张毛茸茸的脸，尖尖的颚部，两颗獠牙，额头宽而平，两只耳朵小小的，时刻保持着警惕；从耳朵开始，到结实的脖颈，再到健壮威风的躯干，还有肩膀和胸前，全都覆盖着带着光泽的灰色皮毛；两只前爪拿着树枝翻动着炭火，那爪子就像匕首般锋利，两条后腿蹲着，尾巴拖在身后。他心里暗暗确认："是狼！一头像人的狼。"

他觉得自己似乎曾经见过这个场景，不是在梦里，而是在现实生活中。没错，之前经历过一次。但是在哪里呢？什么时候？怎么回事？他内心有种突如其来的踏实感，紧接着胸口一紧，爆发出一阵剧烈的咳嗽，涤荡了积压在心头的恐惧沙石，然后又继续观察眼前这个奇迹。

狼友好地看着他，轻轻摇晃着脑袋，微笑着说：

"是的，狼会说话，会像人一样站立，还可以骑骆驼。"

宰班两眼在火光四周巡睃，然后又回到狼身上。他差点又要问它到底想对自己做什么了。狼似乎能读懂他的心思，随后开口：

"你在想：这头奇怪的狼到底想把我怎么样？好吧……我不想从你这里得到任何东西。我只不过是佩服你的耐心和坚强，所以向你提议共度一晚，一起聊聊天。等到了早上，我们就各走各路。难道你不想跟一头狼聊聊天吗？"

他一开口就结巴起来：

"我怎么知道你……你是真实的呢？"

狼大笑起来，笑声回荡在周围，它说道：

"那你怎么知道这堆火是真实的呢？"

他小心翼翼地把左手伸向火堆，又迅速收回来，食指被烫得很痛。狼又笑了起来，让他甩甩手，缓解一下疼痛。

"你摸摸我不就知道我是不是真实的了吗？"

狼笑着对他说。

他一边警惕地盯着狼，一边用另外一只手的食指沾了点口水，涂在刚才被烫伤的地方，然后稍微欠起身朝着它伸出手。他犹犹豫豫，就像要再次把手伸向火堆一样。此时，狼一脸友好的微笑变得更加和善了。还没碰到它，他就打消了这个念头，把手收了回来。

狼说道：

"你现在相信我是真实的了吧。"

"是的，但是你为什么能够像人一样说话呢？"

"为什么不是你能够像狼一样说话？"

"因为你说的是阿拉伯语。"

"因为你的大脑把我的话转化成了阿拉伯语。"

"我没懂你的意思？"

"好吧。"

狼摊了摊手，似乎想避免一场他无法理解的争辩：

"反正我们能够听懂对方在讲什么。就像我刚才跟你说的，就算你从没听过有人和狼说过话，这并不能证明没有会说话的狼。"

夜晚的黑暗笼罩着火堆以外的所有地方。除了火堆、狼和那棵柳树，宰班看不见其他东西。对他而言，在彻底的漆黑之中，除了这些以外，其他所有一切根本不存在。尽管如此，宰班并不怀疑从食指传来的灼痛感，他确定那是真实存在的疼痛，这意味着眼前发生的一切都不可能是幻觉。他知道，幻觉可能会暂时迷惑他的眼睛，轻易骗过他的耳朵，但是不可能烫到他的手指。

他舔了舔左手被烫的食指，又朝它吹了吹气，然后拆开右边肩膀上包扎伤口的布片，想借着火光看看伤势。

他发现伤口没有继续恶化，四条伤痕在火光的映衬下显得格外清楚。当他想要用布片把伤口重新包扎起来的时候，狼起身说道：

"我来帮你吧。"

宰班没有拒绝，也不再害怕。他只感到奇怪，自己曾经对像剑一样锋利的狼爪是那么的恐惧，然而此时，当那只抓伤他肩膀的爪子再次靠近时，居然不害怕了。他闻到了狼的气味，像母骆驼身上那种潮乎乎的味道。狼用两只前腿上的爪子抓住布片的边缘，轻轻地缠绕覆盖在他的伤口上，然后把布片的两头打上结。弄好后，它回到自己原来的位置，眼睛看着火堆说：

"对于我俩之前发生的一切，我不能跟你道歉。"

宰班没说出自己的心思，但是那头狼仿佛知道他心里在想些什么，继续说道：

"道歉是因为犯了错，可我没错。"

他心想："为什么没错？"

狼摇摇头：

"是的，我没错。"

"它抓伤了我的肩膀，还差点要我的命，现在居然说它没错。"他心里暗想。

"之前发生的一切，你我都没有错。我是一头狼，天生就是要吃掉捕杀的猎物。你也是出于本能地在自我防卫。要是那块石子击中了我，要是你咬住我的爪子不放，都有可能要我的命。"

他感觉到恐惧的颤栗又卷土重来，心跳快得让人难以承受。他害怕不是因为狼把之前发生的事情描述得如此稀松平常，而是因为它完全掌握他心里在想什么。他竭力想找回内心的安全感，便问道：

"你知道……？"

狼打断了他的话：

"是的，我知道你心里在想什么。"

他吓得浑身一震，下巴又颤抖起来，嗫嚅道：

"你是精灵，不是……"

狼再次打断了他：

"我的确是一头真正的狼……宰班，你怎么了？你刚才已经相信我是一头会说话的、真正的狼了！这你都信了，怎么不信我能听到你心里的自言自语呢？这是所有生物——也就是你们称为'动物'的——都能做到的啊！我理解你很害怕，不过你回想一下，我要是心存歹意，你刚才昏过去的时候就动手了。现在放心吧，放心。"

他的心跳又恢复到之前的状态："它说得没错，要是想吃掉我，刚才就可以动手了！"对现在和以后的可能，他只好听天由命了。

片刻沉默之后，狼说道：

"我们狼喜欢跟人交朋友，但是一辈子只有一个晚上的时间。今天晚上我希望你能成为我的朋友。等到天一亮，宰班，我们就回到本来的样子——一头饿狼和一个害怕的人。你懂我的意思吗？今晚是我一生中那个唯一的特别之夜。宰班……我恳求你，像老朋友见面一样，我们尽情地聊吧。"

"那到早上你会杀了我吗？"

他壮起胆问道。

狼回答道：

"绝对不会。太阳一升起来我就离开。不过，要是我们又遇上了，相信我，我一定会毫不犹豫地吃掉你。但是，从现在到太阳升起之前，你是我的朋友，我甚至心甘情愿为你献出生命。"

他咽了一下口水，心想："这个故事没有人会相信的。要是由威严的部落谢赫来讲的话，倒是蛮可笑的。"狼对此表示赞同：

"所以，跟狼说过话的人，没人讲自己的故事。"

他点点头，表示明白。

狼问道：

"没人会独自穿越沙漠，甚至连头牲口都不带。告诉我，你是逃犯吗？"

"不是。"

"那是什么？"

"我的事情你都知道，还用得着我讲？"

"不不，我只知道你心里在想什么。"

"好吧……我是被赶出来的。"

"被赶出来……那你是做了什么丢脸的事情吗？"

"不不不！"

"告诉我发生了什么，朋友。"

宰班心头涌起一股强烈的倾诉欲。他突然觉得自己应该找个人，把心头的一切压抑都倾诉出来。他压低声音，看着静静燃烧的柴火："该从哪里说起呢？我……"他又咽了一下口水，继续说道：

"我历来息事宁人，只想过太平日子，但是……有些事……有些事总是跟我的愿望恰恰相反。"

"我们都想要太平，可是往往事与愿违。"

狼像人一样耸了耸肩，然后继续说：

"这不丢脸。"

"我杀了人。"

他像是呻吟一般小声说道。

"你为什么杀人？"

宰班感觉自己面部变得僵硬，有股力量在体内蓄势待发。他思考着自己杀人的原因，突然声嘶力竭地喊道："因为嘉丽娅的笑声。"

"这事里还有女人。"

"因为她嘲笑我。"

"嘉丽娅是谁？"

"她不该嘲笑我的。"

"先告诉我，嘉丽娅是谁？"

他越说越激动，就像卸下了肩上的重担，完全没有在意狼的一连串问题：

"要是我厉害点，她就不会嘲笑我了，我也不会杀了穆特艾布。"

"别急，慢慢说。你说的我一点儿都不明白，连你现在的心思我也搞不清了。冷静……冷静下来告诉我，嘉丽娅是谁？她为什么要嘲笑你？你又怎么杀了那个穆特艾布？"

此时的宰班双膝并拢，抱在胸前，下巴搭在右边膝盖上，很舒服地坐在火堆前，一言不发，眼睛盯着灰烬下燃烧的木炭，思绪不知道飘去了何方。狼没有打搅他，爪子在用来翻炭火的树枝上来回摩挲着。

没过多久，他起身蹲在地上，哀伤叹息地说道：

"我会告诉你的。"

狼把树枝放到一边，一脸认真地准备用心倾听他的故事，不管这个故事多么乏味。狼鼓励他：

"我们在这里就是为了倾吐衷肠的。宰班，你要知道，我们的故事不管多么曲折、多么苦涩，多么离奇，无论告诉谁，都不会有人相信的。"

宰班开始一边回忆，一边向狼讲述他的经历，还有嘉丽娅——那个引得小伙子们相互争风吃醋只为赢得她回眸一瞥的美丽姑娘。当宰班想起嘉丽娅那迷人的脸庞和羚羊般无辜的双眼，他发现狼也眯起了眼，似乎它也看到了自己脑海里浮现出的嘉丽娅的倩影和她那有着太阳光芒的白皙皮肤。

接着，宰班又讲起她在节日清晨如何翩翩起舞，当时他如何心醉。他还讲起两人第一次关于诗歌的对话和第一次约会，并且把这些形容为"暖夜之梦"。他向狼倾诉自己心中关于嘉丽娅的一切，就像在谈论某个永恒的物质——即便在他死后也永远不会消失。狼一直专心致志地听着，这令他倍受鼓舞，彻底打开了话匣子，滔滔不绝地和它分享自己的故事。痛快淋漓的倾诉一扫他内心的疲惫。当讲到杀死穆特艾布时，他又沉默了，不停地咽着口水，就像那个情景噎在喉咙里，让他吐不出来又咽不下去。他看着狼，问道：

"你以前杀过人吗？"

狼点点头表示肯定。

"几次？"

"两次。"

"两个什么样的人？"

狼深吸一口气，又吐了出来，晃了晃脑袋，盯着火堆的眼珠骨碌碌地转：

"好吧……那是在五年前，我杀的第一个人是个上了年纪的老头。第二个是个女人。"

"来，仔细讲讲，我想知道。然后我再告诉你我怎么杀了穆特艾布。穆特艾布死在我手上的那天，我感觉他的死亡把我的灵魂也埋葬了。是只有我一个人有这种感觉，还是所有杀人者都会有这样的感觉？"

　　"我和你不一样。对狼来说，杀人是必须的，或者是在害怕时不得不做的！我告诉你，我们狼只有在快饿死的时候才会靠近人。那天，我已经有五天没吃过任何东西了。我穿过沙漠找食物。当天晚上我在沙漠腹地徘徊，几乎不指望能找到什么东西填饱肚子了。看着天上圆圆的月亮，饥肠辘辘的感觉让我分外焦躁。就在那个时候，我听见远处传来一个男人咳嗽的声音。听得出来是上了年纪的人。我一路小跑，到了帐篷区附近，又听到了他的咳嗽声。我循着声音来到一个小帐篷前。它像被人冷落了一般，孤零零地立在一边，与其他帐篷离得很远。我钻进帐篷里去找声音的主人，发现他正坐着看着我。那是一张满是皱纹的脸，眉毛又密又长，像是被岁月压得低低垂下。我靠近他时，他没有表现出惊恐的样子。我怀疑他是个瞎子。我想了一下，把周围搜了一遍，随后放下心来，周围没有其他人。我可以在他发出声前就咬断他的脖子，但是突然传来一阵籁籁的脚步声让我没法动手。我躲到帐篷后，看见一个黑衣女人拿着盆子走了进来，嘴里嘟嘟囔囔的。我当时饿得头晕，听不清她在说些什么。但我听见盆子砸到地上的声音，那个女人对他说：'吃饱了再让蛆吃掉你这把老骨头。'接着安静了一会儿，那女人又开始骂道：'你什么时候死啊？让我歇歇吧！你这个老不死的，真烦人。我每天都要给你做饭打扫，就因为我是你儿媳妇。要是不管你，大家都会说我的不是。你跟你儿子都去吃屎吧！帮你们说话的那些人也该吃屎！我这是作的什么孽啊！'接着又传来一阵打人的声音，随后是低声的呜咽，是那个老头在哭。我听见他问：'他知道你这么对我吗？'她嘲讽道：'他当然知道了，否则他自己怎么不来看你？去死吧，你解脱了，也让我们好过一点儿。'没过多久，那个女人便走了出来，留下老头小声抽泣。宰班，相信我！当时我真的觉得非常伤心。你也许会问：一头不知道什么叫慈悲的狼，怎么会感到伤心？但是我告诉你，我难过得仿佛心都要碎了。只要有灵魂的生命都会有伤心的时候。狼的伤心，和国王的伤心、普通人的伤心没有什么不一样。慈悲不是只有人类才懂，所有生物的灵魂里都有符合其天性的慈悲。我为那个老头难过。当时我问自己，虽然自己是一头狼，但如果我是个人，像这个老头那样活着，我该怎么办呢？我为自己感到庆幸，因为狼在衰老之前就会自杀，或者把自己的肉献给其他狼。那个老头的遭遇让我明白了人可以残忍到什么地步！

宰班啊，这世界上最可怕的不是精灵妖怪，也不是凶猛的野兽，而是人心！

我再次进了帐篷，朝他走过去。我发现他正看着我，那是一种充满恳求的眼神，我断定他不是瞎子。帐篷里只有我们俩，我和他。他知道意味着什么。然而，我想过放过他，为了不让自己饿死只好去找其他东西吃。但是，我听见了他心里在喊：狼啊，你也想让我继续受折磨吗？在我走出帐篷之前，又回头看了看他，我明白他想让我杀了他，让他摆脱绝望的生活，帮他结束衰老的折磨。于是，我回到他身边，清楚地看到他白眉垂得很长，满脸是扎里扎煞的花白胡须，眼里饱含了一生劳累，一副身体虚弱而且无力反抗的模样。尽管那挺拔的鼻梁依然彰显勇敢的天性，但是早已不复当初。我有些犹豫。他开口对我说道：'快，趁着没人。'他用尽仅有的一点儿力气向我扑来，逼我快些出手，就像他拜托我杀了他。于是，我咬住他的脖子，扯断他的咽喉，他马上死了，比我预料的还快。当他的灵魂脱离身体的时候，我看到了他对一生的回忆。正如他自己记忆里的那样，一辈子的威武最终被年老体弱毁了。我还看见了他儿子，就是那个女人的丈夫，小时候在他膝下玩耍……我没吃老头的肉，不过在他的血里尝到了策马奔腾和刀光剑影的味道。"

"那个被你杀掉的女人，是他那个儿媳妇吗？"

"是的，我忘不了那个老头的哭声。差不多整整五十个日日夜夜，我耳边一直回响着他的呜咽，他的悲伤在我心里留下深深的烙印。通常情况下，狼是不会在光天化日之下发起进攻的。但是，那个白天，我正躲在水井旁一块大石头下，忽然听见了一个熟悉的声音，就是他儿媳妇的声音。她大肆撒泼的叫喊声打断了我耳边老头的哭声。我站起身来，顺着声音望去，发现她正在随着一群人赶路。她跟在队伍中间，骑在一头黑色母骆驼上，嘴里不停地在骂一个男人。我猜那可能是她丈夫，但不是很确定。那时候，我眼中的世界除了中间的一处，其余的地方都被黑暗笼罩，中间那处的形状和那老头淌泪的眼睛一模一样。那个形状把女人和世界隔开。我不顾周围的人群，用尽全力扑上去。只听见男人们大喊：'狼来了……狼来了。'女人们惊叫：'狼……狼！'那时她的周围没人，并且被吓得发不出声音。我从她的眼里看到她对厄运的咒骂，她觉得是厄运让狼在人群中偏偏选中了她。我跳起来，一口咬住她的小腿，把她从骆驼上拽下来，然后咬住她的脖子，就像我对那个老头做的一样。她对一生的回忆闪现在脑海里，我看见了其中关于老头的记忆——他正在帐篷里哭。当看到他一副衰老模样卧在床上，我就吐掉她的血跑掉了。人们还拿着弓箭长矛在后面追着我。"

狼沉默了片刻，再次深深吸了一口气，然后吐了出来，看着他接着说：

"你在想，他俩并没做什么非死不可的事。没错，从你们人类本性的角度来看，的确是这样的。但是从我们狼的角度来说，吃人是狼的天性。"

"至少那个女人不该被杀。"

"你说的对。不过如果狼也开始考虑对错，就不是狼了。我杀了她，就这么简单。"

狼脸朝右侧卧着，枕着它的前爪，面向宰班：

"现在轮到你了，说说你是怎么杀了穆特艾布？"

夜越来越冷了，火在薄薄一层灰烬之下愈发微弱。宰班站起来，用树枝翻着火堆，好让红色的火焰重新旺起来。他脑子里思考着该从何说起，一边把分散的火炭拢起来，一边悠悠地说：

"那天早上，我来到池塘边。"

拢完火，他把树枝放在火堆旁边，回到原处坐下：

"我带着我的拉巴卜，想给嘉丽娅吟诵那首赞颂她美丽的诗歌。我在酸枣树荫下面等她。我们经常在那里坐着。在弹奏前，我调试了一下琴弦。她一身绿底红点的衣裳，带着几个她们部落的姑娘花枝招展地走了过来。她走路的姿势就像一头骄傲的小母驹。当时，那个地方还有我舅舅们部落的几个姑娘，以及古萨卜家族的几个女孩，大家都围在池塘边。我站起来朝嘉丽娅挥手。先到的姑娘们中有人提醒她我正在那里等着她。她果然朝我走了过来，脸上带着顽皮的笑容。她走近后对我说：'昨天你的缪斯干了什么？'我回答：'她在我心里扔下了一首你想要的诗。'然后我们一起坐了下来。她让我快点开始，我想让她先歇歇，缓解一下一路走来的劳累，这样能听得更惬意些。她却催我快点，说她现在一点也不累。

我刚给她吟诵了前面四句，她就打断了我，说想叫上堂姐妹们一起来听我怎么夸她，想让我一边弹拉巴卜一边把诗歌当众大声吟诵出来。然后她起身离开，没听见我表示不希望有人在她之前听到这首诗。姑娘们被召唤过来，就像往常一样把我围住，嘉丽娅高兴地说道：'来吧，弹起来！'我有些犹豫，并不是害羞。我早就习惯给姑娘们弹琴了，但这首诗跟以往所有的都不同，它像是我的灵魂，我不想让除她之外的任何人挤进我的灵魂。可是嘉丽娅又撒娇般地央求道：'快，让我们听听吧，宰班。'我不能在她堂姐妹们面前驳她的面子，只好弹唱起来。"

狼提出了要求："让我听听你都念了些什么？"

"好！"

看你，多么白皙，

太阳的光芒只为你到来。

当你趟进池塘水里，

一汪清澈，膜拜你的美丽。

狼打断了他：

"唱出来。"

他清了清嗓子，唱到：

看你，多么白皙，

太阳的光芒只为你到来。

当你趟进池塘水里，

一汪清澈，膜拜你的美丽。

啊，你脸颊如花，我轻轻抚摸，

晚霞那抹色彩，让你妙不可言；

啊，你黑色秀发，我喃喃低语，

爱慕在呼喊，等你回应。

一想到你，我失去自己！

想陪伴你身边，不分开。

嘉丽娅，这五个月里，

爱你，难以压抑。

倘若我能揭开胸膛，一定把心捧给你看。

我胸膛如火，爱你，如此热烈。

夜晚为何如此漆黑漫长？

因为思念，在你的河谷泛滥。

如果我手中握着太阳的光芒，

我会捧到你面前，只为取悦你！

"啊，宰班，你的声音中有潺潺流水，可以滋润干渴的灵魂。"狼说。

它始终认真听着，被他悠扬动人的歌声感染，头跟着旋律左右摇摆起来：

"好吧，她听完你这首诗之后说了什么？"

"她什么都没说，或者说穆特艾布没给我们说话的机会。当时，穆特艾布傲慢地走过来，跟往常一样，像是展示自己的帅气，还带着一个堂兄。我听说他也是嘉丽娅的仰慕者。他看到嘉丽娅还有一群姑娘围着我，听我弹琴时，醋意大发，走了过来。他手里拿着一根棍子，用力地对着空气挥舞着。走近之后，他嘲讽地说：'狗崽子，你在这里干什么呢？'听他的口气我就知道，他想在姑娘们面前欺负我，以展示他的威风。我没理他。他便咬牙切齿地说：'你没听见吗，狗崽子，还是你想让我把你的耳朵从脑袋上给扯下来？'我站起来，想离开这个地方，免得他再说些什么让我尴尬的话，更不想被他的拳头伤害。我刚一站起来，他的棍子就砸在我大腿上。姑娘们吓得直往后退。我冲着他喊：'你不能这样！不能这样！我比你年纪大。'他转身对嘉丽娅说：'我家的驴年纪也比我大。'他堂兄一阵浪笑，我听到那群姑娘里也隐隐传出笑声。我看了一眼嘉丽娅，她似乎对穆特艾布的行为没有任何反感。我刚想转身离开池塘，就被他一把抓住了衣领，大声说道：'你是驴吗？我跟你讲话的时候，不要背对着我。'我使劲儿把他的手从我身上移开，转身往前走，可是他又一次抓住了我的衣领：'你是驴吗？你是不是想让我把你变成驴？'我推了他一把，他便用手里的棍子抽打我的肩膀，那一瞬间我强烈地感到自己应该做点什么，要不然再也不能来这个池塘边了，姑娘们也不会再和我坐在一起了。于是，我大喊道：'离我远点儿，要不然你会后悔的！'他却又抽了我一棍子。这是第三下了，我真该从一开始就揍他的，不，该从认识他的时候就狠狠揍他，可是……"

宰班沉默了，喉咙里好像卡着东西一样。

狼缓缓地说道：

"别自责了。我们都经常不得不委屈自己……你继续说。"

"我该从一开始就揍他一顿。我该早点知道怎么打败欺负我的人。我总想息事宁人，这对我没有一点好处。然后在我……然后在我第三次想转身离开时，他又抽了我一棍子，第四下，打在……打在我的屁股上。这回姑娘们都大声笑了起来。嘉丽娅没跟她们一起笑，不过，在我看来她脸上的表情似乎很快活。我暗自下定决心，只要我活着，就决不再到这池塘边来！甚至觉得死也不会轻易去任何池塘了。我转回身面向他，心想，无论如何我要揍他一拳，之后他爱怎样就怎样吧。我走到他跟前，铆足了劲儿朝他打一拳，他躲开了，结果我自己摔倒在地……"

说到这里，宰班哽咽了起来，眼泪挣扎着涌出了眼眶，像断了线的珠子一样。他用手擦了擦眼角的泪水，又继续边哭边说道：

"我摔倒了，摔在地上，拉巴卜也飞了出去……我……

我想爬起来，可是他却骑到我背上，喊着：'来啊，我的蠢驴，动起来。'那时，姑娘们又是一阵大笑，我亲耳听到嘉丽娅的笑声也混在其中，也亲眼看到了她那满是笑容的脸……她居然在笑……和她们一起笑我……就像我们之间没有一丁点感情，甚至她可能早就对我心怀怨恨，似乎看到我被欺侮让她觉得特别泄恨。我不相信自己的眼睛。任凭穆特艾布在背上肆意欺凌，我的注意力全部集中在嘉丽娅身上，想努力找到，哪怕是一个手势或者一次摇头，好让我说服自己她还是在意我的。可是，没有……她真的是在嘲笑我，我只能独自面对这个事实。我在那个时候就死了。真的，从那个时候开始，我就是一个死人了！一个男人，在心爱的女人面前受尽差辱，他的心就死了。狼啊，我向你发誓，我是以人类所承受的最残忍、最屈辱、最撕心裂肺的方式死去的——就像匕首割开我的胸膛，生生扎进我的心脏。当时，我心想：从现在起没必要活着了。于是，我双脚猛地用力蹬开穆特艾布，顺手抓起了一块有锋利棱角的石块，爬起身来，心里有个声音在喊：'抛开你的息事宁人吧。'面前的穆特艾布背对着我，他正站着问姑娘们谁想骑一骑他的驴，我纵身一跃，拿着石块砸向他的脑袋……"

宰班用袖口揩了揩鼻子，继续激动地说：

"他当即就倒下了，我跳上去骑着他，像他刚才对我那样，一边用石块不停地砸着他的脑袋，一边高声喊着：'现在谁是驴，现在谁是驴，现在谁才是驴？……'当我怒火平息下来，才发现他的脑袋裂开了，身体也一动不动地瘫在地上。而嘉丽娅……嘉丽娅和姑娘们一起跑掉了，他的堂兄也跑了，跑去告诉他们部落的人说我杀了穆特艾布。我也跟着他们一起跑了。是的，是藏在内心深处的那个我也跟着他们跑了。可是无论我让它逃到什么地方，它都能回来找到我；我想把它从身体里剥离出来，自己逃到其他地方去，却发现我始终无法摆脱它的纠缠，只能被它挟持着。我说我内心深处还藏着一个我，是不是让你觉得很奇怪，就像我分裂了一样。这的确是我当时的感觉。那个时候，我就是分裂成了两个自己——一个是后悔的自己，另一个是想要复仇的自己。直到那天太阳落山之后，我才想明白，世界上我最不能面对的原来是我自己。我屈服了，回到了舅舅的帐篷里。随后死者的兄弟侯密丹前来寻仇，想要我血债血偿，我被舅舅们保护了起来。接着双方开始交战，死了不少人，其中有我的两个表兄弟，古萨卜家族也死了两个人。七天前，他们又来了，见了我的舅舅们，说什么有个部落想要抢夺我们两族的财物，提出双方应该结束交战一致对外。但是我的舅母却想让我为她死去的两个儿子偿命，就提出了一个结束双方交战的办法，就是让我和侯密丹决斗，于是我去跟他单挑了，这事就结束了。"

"你杀了他吗？"

"没有。"

"那决斗怎么结束的？"

宰班感觉自己似乎在一座大山下挣扎，脑海里浮现出因为怕死结果尿在自己身上的那个场景，却故作轻松地说道：

"就是你现在看到我了，这样就结束了。"

宰班和狼都陷入了一阵沉默。宰班从它的眼神中知道，在他回忆的时候，它读到了发生的一切。

狼打破了沉默：

"你知道怎样才算了不起吗？"

"做了一件伟大的事情。"

"不！"

狼摇摇头：

"了不起，就是坚持做很多大事。如果完成一件大事就算是了不起，那所有人都可以算是了不起的人了，毕竟每个人一生中也许都做过至少一件有点分量的事情。所以，宰班，这样说来不能因为一件事就认定这个人是卑贱的，而是要看这个人一贯行事的风格……你尿在了自己身上，是的，那又怎么样呢？每个有娘生的都会撒尿，你是一上战场就会尿在自己身上吗？当然不是，所以我跟你说，你这事真的很平常，只不过发生在不太寻常的一个情况下而已。你的烦恼不在于尿在自己身上这个行为，而是因为它发生在一个不恰当的时机,让你始终无法释怀。我不知道你们认为丑行的标准是什么，或者叫错误、缺点、劣迹……随便怎么叫它们，我告诉你，那些都不过是人们为了竞争而设置的一些条条框框罢了，使得成功绕开它们的人看起来高贵一些罢了。"

他诧异地打断了它：

"这是我经常说的话啊。"

"那我们不谋而合了。宰班，你不要因为犯了一个错误就萎靡不振了，生活比这要宽广很多。我认为你没做错什么。那件事不管你乐不乐意，都已经发生了。如果换成其他人，没准儿也会发生同样的情形。"

"可是，它让我觉得太丢脸了，甚至想死了算了。"

"随它去好了，难道因为觉得丢脸就去死？"

"觉得丢脸还苟且偷生，这证明那不是个高贵的人。"

"高贵是蕴藏在内心的。"

"就算是吧，我还是觉得那事太不光彩了。"

"你身上有狗的脾性。真的，别这样瞪我，你真的有狗的脾性。一旦犯了错，总是责怪自己，并且会一直自怨自艾下去，以至于习惯了忍辱负重……我们狼则不然。我们从不为自己的任何过错而遗憾，也不为我们的任何失误而后悔。宰班，你知道为什么吗？因为我们有权犯错，任何人都无权因此责怪或者惩罚我们。你现在明白为什么狼不会被驯服了吗？你选吧，你是想变成一头狼还是一条狗？"

"狼！"

"好极了，你要坚定地做你想要的自己，而不是别人希望的那个你。这不仅需要一点勇气，更需要你不畏世俗的评判，走自己的路！宰班，你要想变成一头狼，就应该感觉自己是一头狼，是自己感觉的主宰！你可以认为自己的感觉重于一切，也可以认为它无足轻重。宰班，世界上只有一个存在，就是你所感觉到的那个存在。每个存在都是被感觉到的存在。你是真实存在的你，除此之外都不是真实存在的你。是你让世界成为这种样子或者那种样子。世界就是你，不能把你对世界的看法和你的感觉割裂开。世界是你的另一种样子——就是你感觉的样子。这并不是一个疑惑，而是你内心所有疑惑的答案。不然你告诉我，为什么当你胸口发堵的时候，感觉世界也变窄了？为什么当你伤心的时候，感觉白天也变得像黑夜？这是为什么呢？不就是因为感觉吗？有时候被一根植物的长刺划伤了，伤口就像是被锋利的爪子抓过一样疼痛难忍。各种各样的伤口疼痛不是由造成伤口的对象决定的，而是由你的感觉决定的。是你的感觉让刺变成了利爪，或者让利爪变成了刺。感觉可以让你变成一头狼，一个人或是一棵树。我不是说让你从外形上变成树的样子，而是从内蕴上变得拥有树的意义。内蕴是隐藏在外形背后的目的，你现在明白了吗？这些都是简单的例子。总之，世界并不是你看到的那样，而是你感受到的那样。如果世界就是你看到的那样，那么，度过生命最美好的方式就是扑向火焰，因为火是人们生活中不可缺少的重要伙伴，人们看到火焰会用光明、灿烂这样美好的词语形容它。但是，你对火焰的感觉是燃烧发热，这就是它的意义。离开了燃烧发热，火焰毫无意义可言。如果太过靠近火堆，就会感觉它会灼伤你。"

"可是，感觉有时候会骗人。"

"是的。"

狼慷慨激昂地说：

"如果它骗了我们，而我们又没察觉，那就让它骗下去吧，这就是主宰感觉的秘诀……如果你想变得强大，首先得感觉自己很强大，那你就会强大起来；如果你想变成狼，首先得感觉自己是一头狼，要发自内心感觉自己拥有狼的脾性，而不是仅仅简单从外形上的相似，做到这一点你就真正地变成了一头狼。这就是你征服世界的方法。告诉我，告诉我你所有藏在心里的感觉，你会发现，这个世界都属于你。"

说到这里，他俩都沉默了，默默地注视着对方。对于刚才听到狼说的那番话，他惊讶地张大嘴巴，感觉对面这头狼通晓世界上的一切。

突然，狼起身，跪坐在地上，打破了暂时的沉默，继续说：

"宰班，你知道吗，永生对所有生物而言都是不可能的。在明明知道将以死亡告终的生命里，要想求得息事宁人是愚蠢的……我们为什么要害怕死亡？它是唯一让生命之所以成为生命的东西。我之前给你讲的那个老头的故事，难道不正说明了长寿其实也充满了疲惫和无奈？你会看着自己身体慢慢变得衰弱，渐渐变成别人眼里的累赘。既然如此，为什么要害怕死亡呢？我现在十七岁，感觉自己已经活够了。我已经做过了自己该做的事，一生都在做一头狼该做的事。如果没有饥饿和捕获猎物时那种快感，那么我这把骨头就只剩下疲劳和厌倦了。我从不在乎性命，甚至觉得它一点也不重要，这样我可以随时面对死亡，也可以随性地活着。只要我活着，我就会遵照我自己的感觉，让生命里的每一天都充满生机。绝不让任何人强迫我，或者规定我该做什么，不该做什么。我的生活属于我自己！按照什么规矩生活是我自己的事。我不知道怎么向你解释，对于狼而言，这意味着什么。这么说吧，我们狼认为，存在就是为了消失，开始就是为了结束。你是宰班，从出生的那一刻起，就开始朝着死亡迈进。每个生命本质上就是这样的，你不该给它增加不属于它的东西。做了一个晚上的朋友，相信我吧，等你年纪再大些，就会知道生活就是一场梦，不会太长，你能做的仅仅是尽力抓住每一个喜悦或者悲伤的瞬间。天空召唤你灵魂的那天终究会到来，那时会有天使降临在你身边，带着你一起飞到上空，把一切都抛在身后。"

他兴奋地喊起来：

"好！我想变成一头狼。"

"不要说：我想变成一头狼。果断点，说：我是一头狼。"

"我是一头狼。"

"声音大点。"

他提高了嗓门:

"我是一头狼。"

狼欢呼道:

"再大点声!"

他挺起胸膛,竭尽全力地喊道:

"我是一头狼!"

他感到体内迸发着热情的火花,于是再次喊道:

"我是一头狼!"

喊声在周围回荡,然后又回到他耳畔!

"我是一头狼!"

他双手拢在嘴边,放声高喊:

"我是一头狼!"

他沉醉其中,热情像火一样被点燃了。

他站起来,深深吸了一口气,然后爆发了:

"我是一头狼!"

他转到树后,又回来:

"我是一头狼!"

狼站在一旁,也喊道:

"宰班是一头狼!"

它的声音中气十足,响彻云霄,回声久久回荡,萦绕在他俩左右,好像是在附和着宰班的呼喊:

"宰班是一头狼……宰班是一头狼……宰班是一头狼……"

　　狼从火堆那边绕到他面前,然后拍着两个前爪,两条后腿交替着高高抬起,又原地落下,嘴里唱道:

　　宰班啊,被欺侮的可怜人!
　　不要在意死亡。

　　狼在他面前重复着这句歌词,还跳起了舞。他很快明白,它是在邀请他一起跳。于是,他站到它对面,一起唱了起来,还像它那样随着节奏拍掌,像它那样交替着抬起双腿:

　　宰班啊,被欺侮的可怜人!
　　不要在意死亡!

　　他和狼轮流把这句歌词重复了三遍,随后狼又唱道:

　　要么活得像狼!
　　不然生活就把你当狗来折磨!

　　狼的舞步跟唱上一句时如出一辙,但是加大了力度,似乎它的身体随着每次踏步都离地飞起来:

狼的行动缜密周全！

厉害得像猛士！

宰班感觉自己体内的热情之火熊熊燃起来。狼又朝他靠拢过来，直到他俩肩并肩地站成一排：

嗷呜——

狼嗥叫起来，歌声越唱越响，节奏越来越快，舞蹈动作也更加摇摆，两条后腿交替跳起来踏着地面，脑袋跟着左右摇晃着。宰班模仿着它的样子：

嗥叫吧，如果你听到狼嗥！

出手吧，如果你看到有人进攻！

他放声大唱着这一句，感觉其中有一股力量穿透了内心，驱使他一往直前。他和狼一起嗥叫起来：

嗷呜——

随着最后一句歌声的结束，宰班感觉这支舞让他脱胎换骨，好像剥掉了自己原来的皮肤，换成了狼的皮毛，尖爪也在他的指甲下疯狂生长。即便看不到皮毛或尖爪，这种感觉让他十分确定自己已经变成一头狼，是内在意义上的一头狼，而并非拥有和狼一样的外形：

你现在生活美好，

看吧，终了也不过是一抔黄土！

　　一人一狼用同一个声音反复唱着最后一句，并排绕着火堆转圈，在地上踢踏出激烈的节拍。宰班觉得实在没力气继续下去了，狼也停了下来，先后疲惫地躺在地上。宰班赶紧躺到狼的旁边，气喘吁吁地看着它。

　　再次面对着狼，他体会到一种奇特的轻松。他和它一起喘着气，感觉它就像是自己的一个堂兄弟，甚至更亲密些，像亲兄弟，像一个关心他的亲人，像一个在意他安危的挚友。他丝毫不怀疑狼是支持他，希望他更好，甚至会不遗余力地帮助他。在他看来，狼脸上那种兄弟般的友好不再是一个动物的表情。喘息甫定，他对它说："你是真主赐给我的礼物，是真主把你送给我的，一定是真主派你来的。"

　　狼仰卧在一旁，大笑起来，他也跟它一起笑着。接下来的一段时间里，宰班飞速思考着人生：任何事情的发生都不是巧合。因果都是事先安排好的，每个环节的背后都隐藏着特定的意图。真主把整个宇宙聚合起来，让它运转，一个事物的每一次运动都会影响另一个事物。事物之间相互交错，相互影响，世界就变得复杂起来。母亲、父亲、嘉丽娅、侯密丹、舅母和穆特艾布，他们所有人都是"因"，使得他和这头狼今晚待在这棵柳树下。而狼又成为明天发生的事情的

"因"。狼作为"因"的明天又成为明天之后发生的事情的"因"。如此这般，世界上的各种"因"互相交织在一起，骑在生活这只骆驼的驼峰上，带着大家走到各自的终结。

"现在我想睡觉了。"

狼说道：

"很快就要天亮了。"

宰班打了个呵欠，也舒展地躺平了：

"我也想睡了。"

狼换了个舒服的姿势，背对着他，说：

"宰班，你别睡在这里，回树上你的地盘去。太阳出来之后，我们之间的约定就结束了，然后……我可能会吃掉你，你也可能会杀了我。"

宰班听了很伤心，喉咙里好像被什么东西堵住了。他问：

"那我们……我们以后还会见面吗？"

狼带着伤感答道：

"不，宰班，我们不会再见面了，但我们会融为一体的。"

"怎么融为一体？"

"感觉上融为一体。"

狼笑着看着他，重复道。

"感觉上融为一体。"

宰班徐徐起身。狼也爬起来，站到他面前，伸出前爪想和他握手。他握住了狼的爪子，手掌碰到那锋利弯曲的利爪，然后他转身往树上爬，回到原来睡觉的地方，皮袄挂在其中一根树枝上，包袱也在原处。

"我把你从树上弄下来的时候，把匕首放进包袱里了，确认一下它还在那里吗。如果我们明天再碰见，我的朋友，你会需要它的。"

他微笑着看了狼一眼。它恢复了之前那个侧卧的姿势，就像一个无所畏惧的男人。

宰班纳闷，与一头刚认识一晚的狼分别，心里怎么会有一种说不出的难过？这一次他没哭，是的，他不会哭的！因为他知道狼是不会哭的，狼只会感到忧伤，这就足够了。

因为疲惫，他感觉肩膀越发沉重起来。他后背靠着树枝，头枕在包袱上，周围恢复了寂然无声，黑暗笼罩下，转眼之间就睡熟了。

不知过了多久，百灵鸟连绵不绝的叫声把他唤醒了。他慢慢地睁开双眼，然后扶着树枝，坐直身体。睡眠并没有缓解疲惫，他感觉浑身上下腰酸背痛，累得骨头都要散架了，嘴里哼哼唧唧着。

他坐在高高的树枝上，极目远眺——带着黎明时分略显苍白的蓝色涂满天空，辽阔的大地绵延至远方，与天空连接到一起。黑夜渐渐沉入大地，万物慢慢依次清晰起来。太阳柔和的光线随着每一个瞬间编织着黎明，将透亮的丝线铺展开。他聚精会神地等待着荒漠里日出的美景，就像是人生第一次看到一样。他静静地坐着，眼睛观察着万物在黎明时刻的诞生，感受到太阳光芒所带来的驱散黑暗的伟大力量。他打了个呵欠，活动了一下膝盖，向后挪了挪，把身子坐稳，举起没受伤的左臂往上伸了伸，又向后展了展，顺势伸了个懒腰，仿佛有一个崭新的生命慢慢地融入他的身体，把昨夜的低烧也一扫而空。此时，宰班觉得自己不再是原来的自己，似乎有另一个男人和他互换了身体。

他注意到树下面好像有什么东西在动，低头一看，是那头狼，它正蹲坐在树左侧的地上，两只前爪努力向前伸着懒腰。他吓了一跳，身体一哆嗦，大腿恰巧被一根树枝扎到，好痛。"它整夜都在这里。"他心里十分后怕，同时也感觉到真主十分优待他，让他在这棵柳树上安稳地度过一夜，否则他很可能在睡梦中摔到地上，那样的话或许……"真主啊，仁慈的真主啊。"

狼用黄色的眼睛瞪着他，伸出薄薄的殷红色舌头，反复舔了舔爪子，然后转过头去面朝东边。他清楚地看到狼的脸上带着极其凶残的表情，脑子里不断回想："昨晚我是怎么从这样的利爪下逃出来的？它甚至潜到我的梦中，企图迷惑我。"

想到昨晚那个梦，他有些惊异："多奇怪的梦啊！带着真实的感觉和真实的痕迹。"

他盯着狼，开始思索梦里清晰出现的那些情节，一切就像是昨晚真实发生过的一样，清晰得他甚至可以复述自己和狼的对话，他甚至仍然记得那一句句让他俩踩着节奏起舞的歌词，这是一个与众不同的梦。它不像其他的梦那样，当人醒来，很快就消失在脑海里。他心想，也许这就不是梦，是真实发生的事情，但是又没有办法找到证据。或许……或许那不是梦，也不是现在这个世界，是我穿越到另外一个我们不知道的世界了，譬如是精灵把我带到未来的世界。传说很多人做过各种各样的梦，日后都成真了。他们梦中所见与现实完全吻合，或者……他喃喃自语："或者是我发癔症了。"没错，可能是癔症。我脑子真是进水了，如果狼真的会说话，那么生活一定会变成另外一回事，不是我们现在看到的这个样子了。

他做了一个深呼吸，闻到了空气中混合着雨水、薰衣草和草木樨的味道，浓郁芬芳。这证明他的嗅觉恢复了。

这棵柳树右边不远的地方有一个大水洼，水洼上稀疏分散地覆盖着一些梭梭树的根茎，根茎上零星点缀着几朵千里光黄色的花朵。放眼望去，树木似乎也比昨天看起来多了些。

"这到底是一趟怎样的旅程啊，我竟然遇到了这么多怪事？"他低声说道，脱下被打湿的皮袄放在树枝上，然后拽过来包袱，从里面取出水袋，喝了一点儿，接着又把它放回去。

包袱侧面的那个口袋里除了五颗干瘪的椰枣和一小块干酪，什么都没有了。他把这些摊在手心，盘算着怎么靠这点食物撑过剩下的路程。他想现在先吃一半，剩下的等到实在体力不支的时候再吃，估摸如果走得快点的话，太阳落山时能走到村庄，在那里就能找到食物了。他一口吞下两颗椰枣，感觉好像更饿了，饥饿像火一样灼烧着他的胃，忍不住又吃了两颗，接着把第五颗椰枣也吞了下去，最后把干酪也吃了。"我现在就吃光了所有的食物，接下来只能饿着肚子赶路了。"他把椰枣核吐在手里，又拿着水袋喝了一口水，然后晃了晃，感觉水袋里剩下的水也不多了："我得去水洼把它灌满。"

没过多久，太阳就开始在地平线燃起金色的光芒。他看着太阳一点点地爬上地平线，摸摸胸口，一股喜悦油然而生。这是新的一天，新的生活。他解开肩膀上的布片，发现尽管伤口周围还是有些肿胀，凝固的血痂已经变成黑色，有的地方还渗出绿色的脓液，但是炎症比昨天减轻了一些。他放心了，又重新包扎好伤口，静静地看着初升的太阳，看着纯净的阳光倾洒在这片迷人的大地上。

狼一直在树下活动着，不断发出声响。等太阳完全升起来后，狼抬头望了望，随后向远处走了几步，又停下来，回头望向他。他感到那是一种告别的眼神，沉默中带着千言万语。他仿佛看到狼纯净的眼睛里闪烁着离别的泪光。它表现十分淡定，再也找不到之前那种凶残的表情了，取而代之的是一脸悲伤。宰班与它视线相遇时，他发现它的双眼充满离愁，一脸尽是关怀。他突然有种强烈的感觉，那个梦是真实的，不能仅仅用理智去解释。这种饱含情谊的眼神只能来自亲密的朋友，只能来自因诀别而感伤的朋友……"那只是个梦啊，"他拍了拍脑袋，"不然狼的眼神还能告诉我什么？"

狼继续朝前走，尾巴随着步伐左右甩动着。他的目光跟着它走了很久，一种莫名的悲伤哽在喉咙。这悲伤来自肺腑，让他有种想哭的冲动。可他努力克制着自己，把眼泪咽了回去，继续注视着狼的背影，直到它消失在山谷。

他耐心地等待着，眼睛不断观察着四周，脑子里又忍不住反复回想与狼分别时的悲伤。他知道狼诡计多端，担心狼会突然折回来发动偷袭。不知过了多长时间，他认为确实安全了，便从树上下去了。

因为长时间待在树上，双脚刚一沾地就觉得大腿又麻又痛，身体几乎不能保持平衡。稍稍缓了一会儿，他慢慢活动四肢，伸展腰背，似乎要把身体里所有的疲惫都赶出来。他感觉自己的身体似乎正发生着变化，一股强大的能量逐渐充满全身，不知道为什么有种笃定的预感，预感接下来的日子会越来越好。

现在他又要启程上路了，去内夫得边上的村庄，再从那里前往科威特，他要在那里开始新的生活，像狼一样……

"像狼一样。"他浑身一震，仿佛撞到了一座大山。

他低声念道："像狼一样。"这句话似乎是自己从喉咙里蹦出来的。他心里紧张，脸上的肌肉微微地抽动了一下，表面却假装没听见这句话。他捉摸着自己从来没有过这种想法，是不可能说出这句话来的。那个声音像是从自己身体里蹦出来的一样，完全是脱口而出。他一边再次回忆那个梦，一边反复安慰自己："不过就是一个梦而已，不过就是一个可以以假乱真的梦而已，过一两天就会忘了的。"

柳树下遍地都是狼徘徊的足迹，来来去去，这里转转，那里绕个圈。他抖了抖皮袄，把它穿在身上，然后把包袱挂在脖子上，走到水洼旁弯腰给水袋灌满水。继续赶路之前，他驻足凝望着眼前的美景——红色的沙丘在远处蜿蜒开来，水洼的倒影里仿佛藏着一个别有洞天的世外桃源。他深深吸了一口气，又缓缓呼了出来。雨后的大地和纯净的天空赋予他慢慢的欣喜。他感觉接下来的路程不会比昨天更糟糕的："危险已经过去了，过去了。"

他向前刚踏出一步，就注意到水洼附近有一个小沙堆，沙子下面好像埋了什么东西。突然间，疑惑像火种一样点燃了他心中那堆恐惧的干草——被埋的是燃尽的火堆吗？随后，又发现沙堆旁边有几根柳树枝，他开始犯嘀咕，心里的疑惑如同浓烟滚滚腾起。他眉头紧蹙死死地盯着沙堆，弯腰捡起柳树枝，翻开沙堆，发现了熄灭的柴火，声音颤抖地嗫嚅道："那火堆明明是在梦里的啊！"疑惑的浓烟在心里积聚地愈发浓厚了。"这个火堆可能是以前别人留下来的，只不过我来的时候没注意罢了。没错，我当时太累了，顾不上仔细检查一下这个地方。"他直起身，继续在周围查看还有没有其他异样，然后……然后内心的恐惧突然爆炸开来，几乎要撕裂他的咽喉："真主啊！真主啊！"他看见了一样东西，一样足以让他发疯的东西。他立刻拔腿就跑，头也不回地拼命向前，差点摔倒在地……

……他看见地面上有很多的足迹，不只有狼的爪印，还有他自己的脚印，而且狼的爪印与他的脚印平行排列，整齐而有节奏地遍布周围。他用力揪着头发，想通过疼痛摆脱紧紧缠绕的眩晕。这简直太难以置信了，那是他和狼一起跳舞时留下的脚印吗？那么，那就不是一个梦，也不是我穿越到未来的世界，而是……而是……他脚下像生了风似的一路狂奔，思维却像被卡住了，身体里的那个声音也沉默不语了，没有再蹦出来一个字。他跑得气喘吁吁，喃喃道："梦……梦。"

* * *

　　他跑了很长一段路，直到实在跑不动了才逐渐放慢了速度。那片红色沙丘已经离他很近了。脚下的沙子变成了沙砾，双脚被扎得生疼，他只好吃力地缓慢前行。上午的太阳开始在头顶燃烧。尽管很晒，他还是披着皮袄。气温还不算很高，温和的空气让他还能保持均匀地呼吸。皮袄的两块补丁处透着风，这让他甚至有些凉悠悠的感觉。

　　疲惫让他早上的那种恐惧缓解了一些。一路上，他又把昨夜发生的事情在脑海中捋了一遍。情绪稍稍稳定之后，他开始仔细回想自从被赶出门后发生的一切。他思考了世界的离奇、生活的真谛、死亡的必然性、人的本性、时间亘古绵延、大地无边无际……他思考了很多以前从未思考过的问题，希望自己能参透其中的奥秘……想得越多，产生的迷惑就越多……他开始对任何事情都不再笃定……发生的一切让他否定了过去的所有认知，否定了他曾经了解的一切……如果狼真的会说话，那么他的一切认知都会发生变化……对他而言，世界不再是从前的样子。一切都可以变得相反，理性的界限被打破。现在，他只能通过找出别的理性，以便整理从理性那里散发出来的混乱。他感觉生活中的一切都变得廉价且乏味。不理解的事物怎么会具有价值，没有意义的事情又怎么重要呢？他自言自语道："它像人一样站立，还跳舞。"

他必须整理思绪，否则就要发疯了。按照他的理解，发疯就是丧失界限。唉，如果时间可以倒流，真希望能从那天早上的池塘从新来过，让他变回曾经的那个宰班。曾经的宰班，热爱着自己熟悉的生活，懂得生活中什么才是适合自己的，拥有善于发掘美的眼光。但是，他缺少一把匕首，去毁灭自己所在的这个世界，毁灭所有的离奇怪诞和艰辛痛苦，让一切获得重生。他只能逃，躲开这个世界里所有的一切，远离树木、人、火和狼，摆脱理智和思考，挣脱精灵的折磨，避免神经错乱。无论有多少艰辛困苦，他都要把自己从这个已经变得陌生而又奇怪的灵魂里抽出来，逃得远远地。他累得气喘吁吁，心里想："我现在好累……好累……让我找到一棵树吧，有树荫的树……真主啊，现在我想要一棵树，一棵可以让我躲在树荫下的树……我精疲力竭了，累得快散架了……哎……我的身体……我不行了，包袱和皮袄都太重了。现在我只想躺着，随便有个遮阴的地方……热，太热了啊，真主！"

他大口大口地喘着粗气，发出像蛇死前的那种嘶嘶声。滚烫的空气通过口鼻涌入身体，也没有给他带来足够的氧气，反而使他头晕目眩，意识开始变得有些模糊。除此之外，饥饿也在用力地撕扯着五脏六腑，像要把内脏扯出体外。他挣扎在濒临崩溃的边缘，拖着沉重的双腿走在柔软的沙地上，每迈出一步，两脚都会陷入沙中，然后再拔出来……终于，看到前面不远处有一座山，顿时感觉身体比之前重了两倍。
于是他拖着沉重的身躯，精疲力竭地朝着山的方向走去。

　　说是一座山，其实更像一块巨大岩石，虽然体积庞大，
但是岩石表面布满了因为风沙侵蚀造成的裂纹。山顶高高悬
着一块摇摇欲坠的石头，要不是下面有些碎石支撑，它随时
都可能掉下来。那块石头像一条舌头，从紧闭的嘴巴里伸出来。
他在石头山脚下面找了一处阴凉，把包袱和皮袄扔到一边，
就地歇息。不一会儿，他呼吸慢慢平复了，拿出水袋，喝掉
最后一点儿水，然后开始考虑食物的问题。他并不担心口渴
的问题，昨晚下的雨在低洼处留下了干净的积水，随处可见。
食物才是他该操心的。精疲力竭之下，更需要食物恢复体力。
早上吃的那五颗椰枣和一块干酪早已消化完了，需要赶紧想
办法。

　　他想："距离前面那个村子可能没有多远了。我在这里等
到太阳落山再继续赶路，死活也得撑着走到那里，接下来的
一切就都好办了。"

　　他感觉自己变了，变得不再因为惧怕死亡而四处逃命了。
他将此归因于自己不再有继续活下去的欲望了。活着，到底
让他得到过什么好处？见识了会说话的狼吗？除了一个包袱，
一件从死人身上扒下来的破皮袄和一把生锈的匕首，他还得
到了别的什么吗？曾经的生活就像是一堆灰烬，风暴袭来被

吹得干干净净，现在他一无所有。

他挑了一处细软的沙地，地表还有一层薄薄的黏土，那是因为雨水而形成的。他头枕着皮袄，全身放松地躺下来，纯净的空气穿透褴褛的衣衫，轻拂着已经变得黝黑的肌肤。

休息了一会儿，他感觉身体没有那么沉重了，就又解开紧紧扎在伤口上的布片，一圈一圈地松开。身体随即似乎变成了一块破布，他能够清楚地感觉到身上血管里的血液流动。他舒服地躺着，四肢舒展，摆成一个"大"字，眼皮却变得越来越沉，越来越沉。他坐起身来使劲儿地摇摇头，想赶走睡意，可是疲惫让脑袋又不知不觉地回到了包袱上，眼皮再次变得沉沉的。他只能向瞌睡投降，闭上了双眼。

闭上眼睛，回到黑夜。天空阴沉……地面湿漉漉的……还有那棵让他栖身的柳树。

他睁开眼睛，发现自己还在柳树上，头上的天空漆黑一片，和睡前看到的情形一样："我还在昨天夜里吗，太阳还没有升起来吗？"

他从树枝上坐起身来。"哎……"他低声呻吟着，心想，"完全搞不明白了。到底是我醒来后一路逃亡，逃到了一座

201

石头山的脚下，睡着做梦，梦到自己又回到这棵柳树上；还是和狼一起聊完之后，起身爬上树睡着做梦，梦到我逃到一座石头山的脚下，现在梦醒了……究竟哪个是梦，哪个是现实？"

他努力打量着四周，发现周围一切都是真实的。"刚才是在做梦。"他叹息道，狼的声音回荡起来：

"没有什么梦，也没有什么清醒。"

他低头向树下看去，发现狼躺在地上，还保持着他睡前看到的那个姿势。他问道：

"我刚才做梦了，梦到自己天亮后醒来，然后……"

狼打断了他的话：

"然后梦到你一路逃到一座石头山的脚下。现在你发现和一个会说话的狼聊天是真的，不是梦，被吓得半死。"

"没错，你知道了……不过，你不知道……"

"我不知道什么？"

"你不知道，做梦时，梦到的一切是完全真实的。那就像清醒时的一切也是真实的一样……嗯，现在我到底是在做梦还是清醒的？"

"你别问我。"

"那我问谁？"

"问你自己……问你自己吧，宰班。"

"什么……什么意思？"

"你的感觉是什么？我告诉过你，感觉决定一切。"

宰班抓了一下脸颊，他怀疑自己已经死了……因为只有死了才会像这样。

狼看出他的心思，说：

"你要问的问题是，你是死了还是活着？我不知道，因为是死是活都是你自己的感觉。如果你觉得自己活着，那么就算死了你也是活着的；如果你觉得自己已经死了，那么就算你还跟家人一起吃饭，你也是个死人了。"

宰班放声大笑起来，然后沉默了一会儿，又扬起头继续笑着，直到因为咳嗽才不得不停下来，又一次陷入沉默。

现在的感觉？他思考着，心想："活着？还是死了？死了和活着的感觉完全不同啊……我感觉，我现在根本感觉不到我自己，我不是我了……"

他意识到，思考让自己精神错乱，就像干柴会让烈火燃烧得更加凶猛。尽管如此，他还是忍不住思考着各种问题，这使他精神愈发错乱起来。就在各种念头疯狂地交杂在一起的时候，有一个最疯狂的念头变得强烈起来："如果狼是真实的，那么自己就已经死了；如果狼只是个梦，那么梦醒后自己还是活着的。"想到这里，他颤抖地从包袱里掏出匕首，紧握着刀柄，暗暗打定主意。他低头看了看，发现狼还躺在那里。他深吸一口气，决意杀死这头狼，让一切有个了结。

要从树上下来不容易，必须格外小心，否则就会失手掉下来。他先借助一根粗大的树枝，小心翼翼地往下爬，然后回到树干，最后下到地面。他转过身来，发现狼也坐了起来，皱着眉头看着他，好像在责怪他："宰班，你想杀了我吗？我们之间难道要这样结束吗？要动手的话，至少等到清晨吧。天亮前我不能违背誓言啊。"

"我想知道你到底是真实的，还是一个梦，或者是我疯了？"

"这跟我有什么关系？"

"就是因为你。自从我遇到你，感觉就像疯了一样。"

"你感觉疯了是因为你的感觉，并不是因为你遇到了我。"

宰班颤颤巍巍地走过去，右手高举着匕首。狼待在原地没有动弹。

他从未有过这样的感觉，仿佛自己摆脱了各种罪孽，走向了最后的救赎。直到距离狼只有一步之遥，狼才开口说道：

"既然我发过誓，不会伤害你，那么我就不会违背誓言。但是在你杀我之前，我有个请求。"

"什……什……什么？"

他结结巴巴地问，高举匕首的那只手抖个不停。

"你要是杀了我，宰班，你要是杀了我，就吃了我。"

"吃了我。"这句话飘上了天空，又飘了回来，反反复复地环绕在耳畔，最终像雷声一样渐渐远去。

"吃了我。"

一阵狂风呼啸而来，吹得他的衣襟呼呼作响，裤脚也被高高掀起："吃了我。"

他不知道该怎样，踌躇地僵住了，感觉只要一动就会被撕碎。他就这样一直一动不动地呆站着，直到狼发出了雷鸣般的吼声：

"醒醒吧，宰班。杀了它，它就在你面前，快，刺中它的脖子，狼就是狼。"

宰班突然惊悚地发现自己是在石头山的脚下。他赶紧坐起来，迅速左右环顾一下，然后目光落到了狼的身上。一定是它在欺骗自己，企图在他睡着的时候发起突然袭击。他一边伸手从包袱里掏出匕首，一边不由自主地向后退缩，心跳得就像狼起舞时的节拍。

血血血血！

血血血血！

歌词的回声激荡在他脑海中：

嗥叫吧，如果你听到狼嗥！

出手吧，如果你看到有人进攻！

狼绷着脸一步一步地逼近。宰班已经无处可退，后背抵靠着岩壁，极力抑制着内心的紧张情绪，准备决死一战：

要么活得像狼！
不然生活就把你当狗来折磨！

他和狼之间只剩下不到五步的距离。狼的咆哮声越来越高昂。他的心跳加速，犹如雷鸣般隆隆作响。转眼间，狼扑了过来。他手握匕首狠狠地朝狼刺了过去。就在狼的爪子碰到他胸前衣服的那一瞬间，匕首深深地扎进了狼的脖子。一人一狼撞在一起，双双倒下。他刚一摔到狼身上就立马跳了起来，一只手摁住狼的脑袋，另一只手从它脖子里抽出匕首，再次插进它的胸脯。这一系列动作连贯流畅，一气呵成，似乎是他早就设计好的一样。

你现在生活美好，
看吧，终了也不过是一抔黄土！

他拔出匕首，殷红的血顿时喷涌而出，喷溅到他的脸上和胸前。他用手擦了擦，起身往后退了几步，远远地看着那头垂死的狼。在他看来，狼在以最美丽的方式赴死。

血喷涌的力度逐渐减弱，染红了一大片地面。狼的身体开始抽搐，肚子瘪瘪的，像泄了气的皮球，皮毛不停抖动。它临死前断断续续地嗥叫着：

"嗷呜——呜——"

然后它的双眼暗淡下来，身子再也不动了，终于永远结束了饥饿。

宰班靠在岩壁上，盯着狼的尸体，不敢相信自己居然能杀了它，自豪感油然而生，觉得自己足以成为以后人们口口相传的英雄。一头凶猛残忍的饿狼，有着獠牙利爪，可以一口气杀掉三个像侯密丹那样强壮的男子，而他却用手里这把并不锋利的匕首，仅仅两击就把它置于死地了。

他决定把狼皮剥下来带走，反正经过刚才一战，已经耽误了不少时间。狼皮上面的毛软软的，被风吹得乱飘。他把狼皮带走是为了留个纪念，好提醒自己已经不再是那个懦夫宰班了。

剥狼皮的过程让他重燃了自豪感，看到了自己的实力。他先用那把并不锋利的匕首割开狼皮，然后徒手使劲地将皮从肉上剥下来。费了一番力气之后，终于取下狼背上一整块皮，那上面还带着右侧腰部的一片毛皮。

他把狼皮翻过来，闻到上面有一股像骆驼毛潮湿时的味道，腰部的位置还连着一点没剥干净的肉。那是一片薄薄的红肉，上面还有一些小黑点。他感觉一切在冥冥之中都早有安排，就不假思索地用牙把那片肉啃下来。开始，他嚼，用力地嚼，感觉肉质粗糙，嘴里有一股奇特的味道，掺杂着甘甜、酸楚与苦涩，没嚼几下就囫囵个地吞下去。他刚咽下去就感觉肉在体内翻腾起来。

狼的声音随风飘来：

"好样的！宰班……"

百灵鸟飞来落在水洼上，让原本漫不经心对着包袱发呆的宰班转移了视线，专注地欣赏着它那身土褐色的羽毛，翅膀边缘处镶嵌着一圈黑色。不一会儿，它展翅盘旋在空中，然后朝村庄方向飞过去。

村庄正等着他，他将以新"宰班"的身份走进去。三天前那个宰班已经不在了，现在自己变成了另一个"宰班"，其中的区别很难和别人解释清楚。首先要换掉原来的名字，他想到"赛义德"[5]这个名字。我要叫"赛义德"，这样我

[5]"赛义德"：阿拉伯人名，含义是"快乐幸福的人"（译者注）。

就会变得更加快乐幸福。他低声念叨着自己的新名字，把它挂在嘴边："赛义德……我是赛义德。"

刚念完自己的新名字，左眼就跳起来了，接着另一只眼也跟着跳。他感觉有个东西潜入了身体里。一开始他以为是自己打了个寒颤。然而，那个东西在他身体里不断蔓延，像一条蛇一样四处游走，脸上的肌肉似乎都被挤到了一边，他怀疑自己是不是感染了风寒。过了一会儿，他才确定这不是一般的发抖：起初有什么东西晃动着他的左脚，随后它离开了左脚，爬到小腿，又到了大腿，直到左侧下肢的肌肉全都抽搐起来。那个东西继续在他肚子里挠痒，他看见自己的肚皮开始膨胀变硬，却一点也不觉得疼，不由得倒吸一口冷气。从小到大头一回遇到这种怪事。那个东西又钻到他的右边大腿，往下，让脚趾都翘了起来，然后向上再次溜进他的肚子，开始第二轮挠痒。胸口也在发痒，再到双肩，肩膀都绷紧了，几乎快把伤口撑裂，一些东西从伤口里挤出来。那个东西继续在他身体里蔓延。到了胳膊，两条胳膊就随着抖动起来；到了肩膀，双肩也随着抖动起来；上升到脖颈，五脏六腑都跟着一起震颤。他感觉自己马上就要灵魂出窍了，血管滚烫，血液燃烧，起初畏寒的感觉变成了窒息的灼热。"我……我这是……怎么了？"当他想起身找点法子抑制一下把他折腾得生不如死的颤抖，那个东西突然钻进他的脑袋，像一条蛇一样盘踞在脑袋里。他的舌头不由自主地动了起来，一个熟悉又陌生的声音说道：

"这里没有我和你，只有我们。"

他惊得瞪大了眼睛，知道那是谁了……除了它，没有别人。就是它……他晕了过去。

* * *

不知过了多久，他终于醒过来了，不记得自己为什么晕倒了。静坐了片刻，他环顾四周，记忆慢慢恢复。晚霞在西边渐渐消失了，夜幕从东边开始蔓延开来，喷洒着它的漆黑。他发现自己下身赤裸，吃力地起身，匆忙穿好衣服，披上皮袄，把狼皮搭在一侧肩上，把包袱搭在另一侧肩上，加快脚步向村庄走去。他想在夜幕完全降临之前赶到那里。

血液依旧炽热难耐，甚至心脏里的血液都沸腾起来。他到底是宰班还是狼？或者像狼说的那样，是他俩融为一体了？他在将来又会遇到什么？要是他在人前发出那种声音来，该如何是好？

他一边加快脚步，一边想："不管再发生些什么，我都能承受。我是宰班，就是宰班。我想要息事宁人，我要去寻找息事宁人！因为我是个懦夫，没错，我是个胆小鬼，我要继续当我的懦夫，我只想要做我自己。"

他突然停住脚步，直挺挺地站在那，高声喊道："现在怎么了？"

他意识到出了怪事：这个从他嘴里冒出来的声音，不是他自己的，而是另有其人，像是狼的声音。这个声音是从他内心的某个地方传来的，那里曾经传出过诗歌缪斯的声音。可是，缪斯的声音听起来是和他自己的一样。

想到这里，他感到非常恐惧，赶紧仔细观察四周，没有发现任何异常情况。他快步小跑起来，心怦怦直跳，仿佛要从嗓子眼里跳出来。

从小斜坡滑下来后，他又继续走了很长一段，直到再爬上一片高坡。望着村庄的方向，他大喊："我是宰班，我不会变成狼的，我不要，我是宰班。"

绕开了雨水积聚的坎沟，一路小跑，直到在接近村庄的地方，他看见远处有个男人赶着一群羊正往村里走。终于看到人了，他很兴奋，赶紧跑了过去，喊道："喂，老兄！"他想让那个牧羊人注意到自己，免得把对方吓到。宰班一边走过去，一边努力克制住自己想一把抱住他的冲动，打了个招呼：

"晚上好！"

"晚上好！"

牧羊人应道。

"慷慨的朋友啊，我是个赶路的人，天黑了，想找个地方歇脚。"

"行，跟我走吧。"

宰班跟在牧羊人身后，感觉前面就是通向科威特的路。他们一路往下，穿过一条巷子走进了村庄。小巷把一排排鳞次栉比的低矮泥土房分隔开来，一阵阵烧饭的味道飘过来。看着各家各户的房屋一座挨着一座，踏实的安全感将他包围。一些少年坐在自家门栏上，当他扭回头再看时，安全感如同细雨般渐渐滋润了他干涸的灵魂。走在小巷上，他发现牧羊人一直目不转睛地盯着自己肩头的狼皮，便把它换到另一侧肩膀，好让牧羊人看得更清楚些，心想："他肯定心里在琢磨这块狼皮的来历。等我吃完饭就给他讲讲我和狼的故事。"

宰班和牧羊人沿着狭窄的巷子走了一会儿，很快便又回到了开阔的大路上。他跟在牧羊人和羊群的后面，打量着沿路村民的房子。因为看得太专注，总是落在后面，跟不上牧羊人的脚步，不时地一溜小跑追上去。

一路上，牧羊人没跟他说过一句话。他也不觉得奇怪，也许这是他们的习俗，沙漠里的游牧民族历来也有类似的传统——头三天不问客人的名字和来历。

牧羊人把他带到村子中的一处房子，屋外有圈小栅栏。他帮牧羊人把羊群赶进了栅栏，然后站在门口满心欢喜地等着牧羊人从屋里出来。

这是他人生中第一次走进一个村庄，以前错过了很多次进入村庄的机会。因为他从小就从族人们那里听说：村庄是各种疾病的源头，进入村庄会害人生病送命，而且村民会欺压外来的人。现在看来，这些都是误解。

牧羊人出来了，叫他进去到座席。

座席间弥漫着油灯的暖光。他环视四周，发现座席右边有个小窗，房子中间有根立柱支撑着天花板，油灯便是挂在立柱的半高处。牧羊人示意他坐在座席正中。于是，他倚着绿色的布沙发坐下来，碎布坐垫里面填充着干草料，屁股坐在上面感觉很舒服。他把后脑勺靠在布垫上，闻到了谷物发霉的味道。不一会儿，牧羊人回来了，手里端着一个盘子，里面装着一个蘸着黄油的大饼，三个冷鸡蛋和几块羊奶酪，还有一个不大不小的碗，里面盛着羊奶。牧羊人带着歉意说：

"抱歉，家里就我一个人，没做饭，现在只有这些了。明天我给你宰羊。"

他接过东西就埋头狼吞虎咽起来。不一会儿，所有食物被一扫而空，羊奶也一饮而尽。吃喝完毕，他享受着久违的饱腹带来的满足。此时，牧羊人问他：

"这张皮是……？"

"没错！"

他兴奋地接过话头：

"是狼皮，我杀了它，用这把匕首！"

他伸手从包袱里掏出了匕首。

看到匕首，牧羊人两眼快速眨了几下，显得很疑惑。他发现对方因为惊慌而脸色大变，心想可能是被自己吓到了吧，差点笑出声来。他忍住笑，把匕首放回包袱里，没想到居然有人怕自己了，这可是人生中头一回遇到。他越发想让牧羊人相信自己。

"我从这里刺穿了它！"

他在狼皮脖颈的位置比划着，继续得意地说，

"然后又刺中了它的静脉，它当场就死了，你看！"

他露出自己受伤的肩膀：

"不过，它也把我伤得不轻。"

牧羊人听了点点头。但是，他感到这个点头仍然是不太信任的表示，便继续努力证明自己所说的确有其事：

"因为当时实在太饿了，我还吃了一口它的肉。它的肉甜里带酸，还有点苦。相信我，老兄，我受不了狼肉待在肚子里，就用手抠喉咙，又把它给呕了出来。"

"哦。"

牧羊人又点点头。

他想知道牧羊人会不会相信自己和狼的故事里最离奇的

情节，就试探着继续讲下去：

"昨晚，我和这头狼像朋友一样聊天。天亮后，它袭击了我，我就把它给杀了。"

牧羊人的眼神显得更加怀疑了。他决定到此为止不能再说了，否则这个男人会以为他是个疯子，没准儿还会把他赶走。不管怎么说怎么做，没人相信自己的故事。于是，他换了一个话题：

"商队走的路离这里近吗？"

牧羊人指了指南边说：

"离这里不远处有一口井，商队一般都去那里取水。"

"因为我想去科威特。"

"你去那里有事？"

"我要去那里生活。"

"很多经过这里的商队都去那儿，你跟着一个就可以。"

接下来是一阵沉默，空气中满是怀疑的味道。牧羊人开口打破了沉默：

"你把它埋在哪里了？"

牧羊人居然对自己的故事感兴趣，这让宰班兴奋不已。他认为这是对方已经相信了自己的故事的一个表现：

"我没埋它，就把它的尸体扔在了内夫得附近的石头山脚下。"

"好吧，太晚了，我就不打扰你休息了。"

牧羊人说：

"明天你再给我说说你是怎么杀掉它的。"

然后，牧羊人站起身走出屋子。油灯也被拿走了，留下黑暗笼罩在座席间。

宰班头枕着垫子，把皮袄盖在身上，开始盘算明天的事情。首先，要去问清商队去巴士拉的路；其次，找个熟悉科威特的人打听一下，搞清楚到底那里适不适合他；还要请求这个好心的牧羊人给他一点路上充饥的食物。后天好好休息一天，准备迎接接下来的奔波劳顿。第三天就启程。

尽管屋里有点冷，他还是觉得燥热，便把皮袄放到一边。刚才吃东西的时候，心脏里的血液才暂停了沸腾，血管也冷却下来，可是现在那份燥热又回来了，正刺激着浑身的血液。如果明天在牧羊人面前，他又出现在水洼边上的那种状态该怎么办？要是狼再借他的舌头说话，他该怎么应对？他有一种莫名其妙的感觉，狼的灵魂附着在他身上了。他没有办法解释这个现象。他曾经为此绞尽脑汁地思考过，可惜无论怎样也没有参透其中缘由："真主啊，你要放弃我了吗？"他闭上双眼，在心里用狼的声音呼唤道。

他闭上双眼，躺了很久也没睡着。竟然在如此疲惫的状态下失眠了，索性坐起来，浑身的燥热让他汗流不止。座席间一片漆黑，他摸索着来到窗边，打开两扇窗户，冰冷的空气令人顿时觉得凉快下来，体内的燥热也缓和了不少。他抬头望向天上的一弯新月，月亮正散发着淡淡的银色光芒。门前有一条窄窄的小巷，延伸至远处的黑暗中。他从窗户探出头去，细细品味着村庄的夜景。科威特那边的房子肯定更好。他一定要给自己盖一所这样的房子，屋内炉火扑腾，咖啡壶随时飘香，家里宾客如云……没错，他将摆脱那种一味委曲求全的息事宁人，也不再盲目追求所谓的美，因为美曾经撕碎了他的心。慷慨，对，这是他部落的传统。如果他赚到钱，一定会帮助穷人。他闭上眼睛，努力回忆母亲的模样。他现在发现她说得没错，自己确实很少认真思考如何做一个男人，也没有好好做一个男人……想不起母亲脸的样子了，她的面容完全消失在黑暗中，就像这屋子里的漆黑一样。他伤心地想哭，自己怎么能忘记母亲的样子呢？也许因为这几天的惊险遭遇让他记忆力下降，也许因为身体疲惫让他暂时想不起来了。休息好了，明天一定能回忆起她的脸。他又试着回忆母亲的声音，就连她的声音也拒绝与他重逢，淡淡的悲伤笼罩在他心头。他对自己低声说："我怎么可以忘了她，她的灵魂会为我感到骄傲的！她要是知道我杀了一头狼，一定会……"

三盏油灯从对面小巷最远的拐角处扑闪着过来，打断了他的自言自语。他看到油灯后面有四个男人的身影。

他们脚步匆忙的样子让宰班觉得有些异样，突然听到牧羊人断断续续地低语：

"……我早就看出来他……不是好人。"

宰班凝神听着，这时另一个声音随风时断时续地飘来：

"他怎么能杀了一头狼……？"

"狼？"

他喃喃道，疑惑地想：

"难道是牧羊人告诉村民我吃了狼肉，所以他们都来听我的故事吗？啊！难道就要找到相信我传奇遭遇的人了吗？"

对面的说话声越来越近，他清楚地听到：

"天哪，我们得杀了他。"

激动的语调让他害怕起来。

"怎么回事？"

他在心中用狼的声音自问。随后，又传来一个愤怒的声音，咬牙切齿说：

"这哥们用匕首杀了一头狼，剥了它的皮，还来炫耀自己干得好。我们真得砍断他的手脚。"

牧羊人的声音说：

"他还说他吃了狼肉。"

另一个人补充道：

"狗崽子，我们应该活活地把他的肉割下来吃掉。"

确认无疑，宰班知道自己又一次陷入了绝境，无路可逃了。心脏里的血液开始沸腾，血管中的血液快速喷涌。趁着那些人还没到，他赶紧关上了窗户。窗外一阵低语：

"要是他没睡着，就装作是过来和他打招呼的，让他放下戒心，找机会把他撂倒在地捆起来。"

他感觉更加燥热了。跟他们怎么解释，他们会相信他吗？

他用狼的声音告诉自己："生活不值得再去追求息事宁人。"

外面传来嘎吱的推门声。他迅速摸索到包袱，掏出匕首，然后背贴着墙壁站着。屋子里被三盏油灯照亮了，后面站着三个强壮的男人，还有牧羊人。一个声音说：

"欢迎贵客。"

宰班感觉狼的尖爪从自己的指甲里长出来。他马上意识到，那并不是外形意义上的狼爪，而是狼的内蕴所在。

牧羊人说：

"你怎么这样站着啊？这位是村长，特意来跟你打个招呼。"

他们中有一个人向他走近了两步，伸出手，身后的人也跟着朝他走过来。

油灯的火苗颤动着，宰班感觉时间静止了，这个世界变成了一个洞，一个巨大的洞穴，其中的黑暗可以将一切变成虚无。现在是时候从洞里面出来了，他大叫一声：

"嗷呜——"